安宇——著
王淑慧——圖

迷鳥

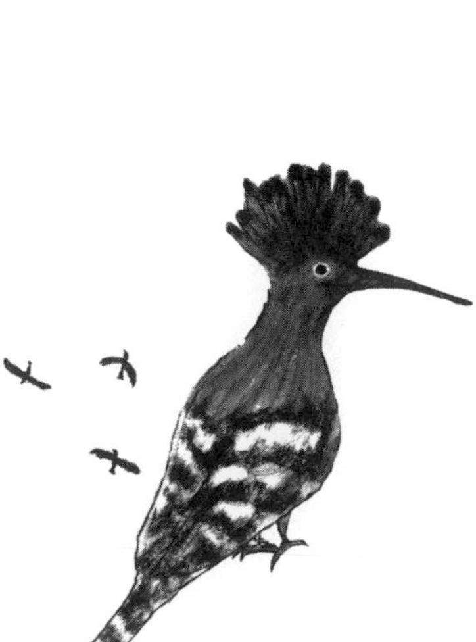

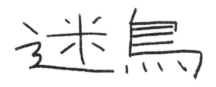

目錄

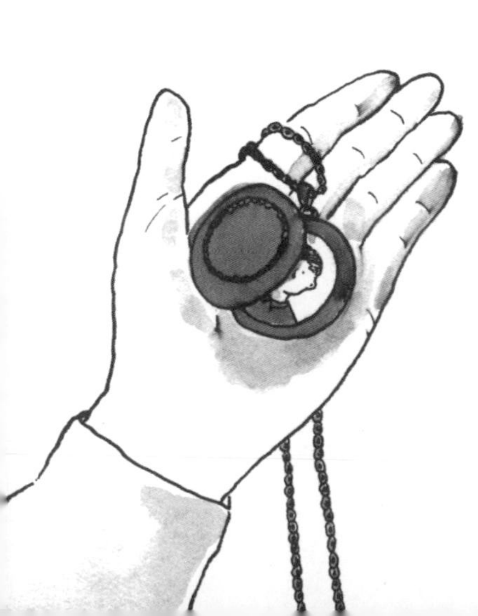

1 迷路的候鳥

傍晚，我看見一隻綠翅鴨飛在橘紅色的暮光裡，寶綠色的翼鏡是牠最鮮明的特徵，書上說，牠來自遙遠的西伯利亞，我不禁想像，站在一望無際的純白世界會是怎樣的感覺。

我追隨綠翅鴨跑在無人的道路上，牠只輕輕拍了幾次翅膀，就將我們之間的距離再次拉大，四周只剩下我沉重踩地與呼吸的聲音。鳥類的心跳很快，牠們即使飛越重重海洋，也不會像我這樣快喘不過氣。

不久之後，我來到牠落下休息的地方，在那裡，我看見更多的綠翅鴨低頭尋找螺類覓食，牠們之中有些相互驅趕、爭奪地盤，直到某一方倏地拔飛再落往旁處，直到每隻綠翅鴨都有屬於自己的一小塊田地。

西北方飄來泥土與濕鹹的氣味，那裡是臨近河流出海的一大片濕地，我窮盡目力想看清楚天與海的交界，只見在那黑黑厚重的雲層裡不時閃現電光，卻沒有任何雷聲傳到這邊，四周一片祥寧。

沒多久起風了，我知道不可能像綠翅鴨一樣飛上天空，還是想張開兩手擺動，感受風推升的浮力。我將機械錶貼近耳邊聽它特殊恰達、恰達的聲音，每次都能讓我稍稍平靜下來，爸爸曾說過那是時間走路的聲音，那時我不停追問時間是什麼，後來他才說在某個古老的傳說裡，我們的世界最初是一顆蛋，有一天蛋裂開了，時間從裡頭跑出來。

記得我跟爸爸說鳥也是耶，牠們也是從蛋裡孵出來的。

我喜歡這個關於時間的描述，但我已經知道那不是時間走路的聲音，只是擒縱系統運行的聲音。

「你知道那是什麼鳥嗎？」

忽然有人在後面說話，我嚇了一跳，連忙回頭。

說話的是一個老人，我完全沒注意到他是什麼時候走過來的。他穿水藍色外套戴著米色漁夫帽，我立刻想起學校公布欄的注意事項，兩腳不由得往後退了幾步。

他沒有跟過來，只瞥了我一眼又看回原來的方向。

老人又問了一次：「你知道那是什麼鳥嗎？」

我遲疑了一會兒脫口說出是綠翅鴨，然而他卻舉起右手指向遠處的濕地。

「我是指那隻灰黑色的鳥。」

我又退了幾步，才看往他指的方向，那片濕地遼闊空曠，只有零星分布的水筆仔生長於各處。
他放下手說：「欸呀，你看不到嗎？就是那隻啊！」
一時，我呆呆望著他沒有應答，而老人仍看向遠方，許久，當我悄悄移動腳步，他又忽然開口：「欸，牠已經孤零零一段時間，應該是迷路了。」
我不敢停下腳步，每走一小段路就回頭看，怕他會跟過來，但一直到老人變成我眼中的一小個黑點，他仍站在原地，似乎一動也不動。
走遠後，老人的眼神突然浮現腦海裡，我說不出是怎樣的感覺，卻揮之不去。也許，他並不是老師特別囑咐要注意的那個人吧。
放下心裡的擔憂，我繼續找尋鳥兒的蹤影，我沿著水圳邊走邊看，終於看見一隻細長脖子的蒼鷺出沒在水草裡，我弓起脖子張開兩手模仿牠走路的動作，牠一定是注意到了，對我瞪了一眼發出呱呱呱的聲音，我只好放下手臂假裝沒事走開。

現在是冬候鳥過境的季節，我還看到好幾隻金斑鴴與灰斑鴴爭相在水稻田飛起降落，牠們長得很像，只能趁牠們鼓起翅膀時觀察，可以在灰斑鴴翅膀下方的軀體上看見灰黑色斑塊。

我想起那隻落單的鳥。剛剛那位老人家說的鳥兒會是蒼鷺嗎？可惜剛剛太緊張沒看見，但如果牠真的和同伴走失還真的很可憐，我在心裡默默祈禱牠能盡快和家人朋友會合。

眼角忽然察覺有物體在動，仔細看原來是吉吉，牠埋伏在草叢裡正準備撲往金斑鴴，我想都沒想立刻衝向前大喊嚇飛了鳥兒，吉吉撲空後也沒生氣，尾巴捲啊捲的鑽進草叢。

我只好對著草叢承諾：「對不起了吉吉，我發誓我會再帶罐罐來補償你喔。」

牠是一年前突然出現的黑貓，第一次看見牠就想到《魔女宅急便》裡的吉吉，每次我都會喊這個名字，久而久之吉吉也知道我在叫牠，有時牠吃完我帶來的食物後，會讓我輕輕摸幾下，牠黑色的毛髮就像眼睛看到的一樣光滑，還能感受到溫暖的身體裡有顆熱烈跳動的心。

鳥兒們應該也看見吉吉了，暫時不會回到這邊，少了牠們的叫聲，田間又恢復午後的寧靜，鮮綠色的稻葉緩緩隨風擺動，就像漣漪。爸爸曾經帶我去過一個地方，他在那裡什麼也不做，就躺在摺椅上看書。那裡有個大池塘，水裡飄滿細細圓圓的浮萍，每當風將它們吹開，就能看見魚兒在水裡游來游去。我不知道當時為何可以安靜盯著水面不說話，現在想想，這大概是爸爸只帶我去過那裡的原因吧。

現在的我可沒辦法那麼久不說話，就算一個人的時候也會說話給自己聽。

離開水圳、穿過鐵路就到了鎮上最熱鬧的地方，所有的商店以火車站為中心繞成一個半圓。醫院則是在車站的正對面，在它旁邊還有郵局、派出所。

為了看清楚站前廣場上的鳥兒，想都沒想就直直往牠走過去，當我看見熟悉的黃色小車想躲已經來不及，媽媽已經發現我了，她透過放下的車窗對我招手。

「裘曉莉！我看到你了喔。」

本來想裝作沒看見的，但每次媽媽一喊全名，我就會像昆蟲一樣不由自主爬進豬籠草。

「嗨！媽，今天生意應該不錯吧，欸呦！媽麻！你幹嘛啦，很痛耶！」

她生氣的時候就會捏我的臉，她以前是籃球國手動作敏捷，我每次都躲不掉，這個時候我就會埋怨自己，怎麼只遺傳到爸爸的慢慢吞吞。

「老師跟我說了，你在學校又跟人打架了是不是？」

我想撥開她的手，沒想到媽媽捏得更加用力，只好哀號求饒：

「媽！你先放手啦，萬一將你女兒漂亮的臉蛋捏壞怎麼辦？」

每次這麼說都有效，她鬆手噗哧笑了。

「你哪裡漂亮？整天像球一樣四處滾來滾去，弄得髒兮兮的。」

儘管嘴巴這麼說，她的手仍會輕輕按摩捏紅的地方。

媽媽又說：「沒打輸吧？我看你全身上下一點傷也沒有。」

我在心裡嘀咕，就算沒事也會被你弄傷，但是嘴巴卻說：「才不是打架咧，我是和王大餅吵架，他被我罵到哭，老師以為是我打他，沒想到王大餅真的不要臉跟老師告狀。吼！媽麻！你又幹嘛啦！」

她的力氣真的很大，將我上半身摟進車裡猛親臉。

媽媽放開我的時候說：「下次你再和人吵架或是打架，我就不會只親這樣一下下喔。」

聽到這樣的話，才消退的雞皮疙瘩又爬滿身了，我不知道該怎麼回答只好低頭看地上。

「裘裘，別磨了，你不要每雙鞋都這樣磨壞掉！」

媽媽應該是感覺到我的不知所措，聲音明顯變得溫柔。她下車輕輕抱住我。

我委屈地說：「那我該怎麼辦，王大餅笑你是女生開計程車，還說……還說爸爸……」

我能感受到她身體的變化，接下來的話就說不出口了。

她小聲在耳邊說：「我下次看到王秉鈞會趁他不注意在後面按喇叭。」

難得我和媽媽可以這樣安靜待在一起，沒想到排在媽媽後面的小黃司機按了喇叭，嚇得我在媽媽懷抱裡跳起來。

那人喊：「前面都空出好幾輛位置了，你不想載客就讓開！」

我認得出來他是少數幾個不友善的司機之一，許多女性乘客只要看到媽媽就會自己跑過來搭車，不管排隊的順序，弄得這些司機很不開心。

媽媽吸了一口氣，彎腰跟我說：「你先回家吧，等一下就會有搭車的人潮，晚上叫姊姊弄晚餐給你和阿嬤吃，不用留我的。」

說完話，她將車往前推。等待客人的時候她都不發動引擎。

我想，媽媽一定不會在意這種事，她說過有些事不需要放在心裡煩惱，浪費生命、浪費時間。

雖然很開心大家都說我比較像爸爸，但我希望自己也有遺傳到一點點媽媽的強大。

2 消失的結局

和媽媽分開後天色未晚，我還不想那麼快回家。

我順著車站前的商店街走，來到郵局後左轉走進它旁邊的小巷，這是通往舊街區的捷徑，穿越這條只能通過一個人的窄巷後，會有進入祕密空間的錯覺。

舊街區人潮少很多，閒置了許多店面，我時常感覺它就像是漫畫裡的街道，一切似乎是靜止的。

我來到租書店前，門雖然是開著的，店裡卻昏昏暗暗，總共三排的日光燈只開了中間一排，老闆總是說另外兩排壞了，明天就會修好。他時常不在櫃檯，神奇的是他總能在剛好的時機出現收錢。

「嗨！」我跟難得顧收銀機的老闆打招呼，他點點頭，繼續低頭滑手機。

現在店裡沒有其他客人，我走到最右邊的雙排書櫃，推開前面的那排，從最邊邊的隱密角落拿出我的愛書。

「你到底要看幾次才夠啦。」

我回頭看，老闆仍在滑手機，他卻很肯定我拿的是哪本書。

我厚著臉皮回他說：「對呀，都是同樣一本書，今天也不用收錢對吧？」

「送你吧，反正你都不付錢。」

我搖搖頭說不要。

過了一會老闆站起身走過來。

「這不會是你常來這裡的藉口，你其實是想偷溜進去那間房間吧。」他指向另一個角落的門。

我拚命搖頭。

我當然知道男生都喜歡進去小房間的理由，我也的確很好奇啦。

他一面收拾客人留下的垃圾一面說：「你也真奇葩耶，現在的小孩都在網路上看動漫，你應該是最年輕的客人吧，不對！你不算客人。」

這時，在他身後忽然出現一個女生，我看到她好像要溜進小房間，嘴不由得張開，她也看到我了，笑著將手指放在唇上要我不要張揚。

老闆抬頭看見我的表情想要回頭，我慌忙說：「老闆，給我一碗最便宜的泡麵。」

他皺了一下眉還是想回頭，我趕緊再說：「好餓啊，老闆你有什麼麵啊？」

「最便宜的來一客要四十塊可以嗎？」

我忍不住叫出來：「你黑店喔！」超市裡打折的時候一碗不用二十耶。

老闆哈哈大笑，他說：「好啦，特別優惠，送你一顆蛋加一杯特製紅茶，OK？」

我點點頭。四十就四十，隨便啦。

顧著跟老闆說話，那個女生不知道什麼時候不見了，我也不確定她有沒有進去小房間，因為門簾根本沒晃動。

老闆完全不知道這件事，他在前檯煮麵的時候，還故意對我比出不可以進小房間的手勢。真是冤枉。

我一邊注意周圍的動靜，一邊翻看手上的漫畫，儘管我早已經將所有的畫面與對話都清楚地記在腦裡。故事是說一隻叫做吉爾斯的鳥找尋天國入口的故事，我喜歡它細膩的畫風，作者甚至將吉爾斯的羽毛一絲一絲畫出來，但我更喜歡吉爾斯面對失落時反應，有時我真的很希望能在現實中遇見吉爾斯，想拍拍牠的頭，跟牠說我都明白。

這部漫畫沒有結局，原來應該有兩集的套書，店裡卻只有第一集，老闆說這是從其他租書店掃來的倒店貨，市面上應該是絕版了，他也不確定當初有沒有買來第二集。

老闆送來的麵滾燙到還在冒泡泡，我因為心不在焉燙了好幾次。當我吃完麵將書藏回角落，再回頭時門簾居然在晃動，我馬上看向老闆，他似乎在打瞌睡，我想了幾秒鐘決定悄悄地往小房間走過去，我發誓我只是想從門簾縫隙偷偷瞧一眼，但我只剛剛走到門口，就聽到老闆說：「嘿，你不可以喔！」

老闆真的好討厭喔，他的語氣都快笑出來了啦，我脹紅了臉呆立在原地，過了好幾秒才走過去默默付了錢，還好他也沒有繼續虧我。

真的好丟臉喔，我以後要怎麼再來看漫畫啊。

但是那個女生怎麼可能逃開老闆的耳目？難道我看到的是……

我完全沒有害怕的感覺，如果這世上真的有鬼就好了，只是可惜了那四十元，我可以幫吉吉多買一次罐罐的。

我悶悶不樂走出租書店，低頭踢路上的小石頭，完全不知道那個女生就站在前面等我。

「你跟這條路有仇喔？」女生說。

看到她，我不由得吸口氣，正想說話時看見王大餅也往這邊跑過來，他的出現瞬間點燃我的戰鬥力，我舉手跟女生示意等一下。

王大餅氣喘吁吁說：「小粒球，我早上不是故意的，是你先……」

聽到他又叫我不喜歡的綽號，我好生氣脫口回：「你才是矮冬瓜啦。」

我故意用手掌來回比畫，他的頭頂只到我下巴，我要讓他明白自己有多矮。

王大餅先是愣了一下，但是他沒有太大的反應，沒想到旁邊那個女生也伸出手比畫我們三個人的身高，他才突然用力揮開我的手，大聲叫：「你太過分了啦，早上是你先叫我王大餅的耶！」

我揉著被他打到的手腕，用力吼回去：「誰叫你家是賣蔥油餅的，而且你臉那麼大，不叫大餅難道要叫小餅嗎？好喔，以後就叫你王小餅好了！王小餅你好呀。」

他的嘴張張閉閉好幾次，啊了幾聲都沒說出話，最後脹紅臉瞪我。

我當然要比他更用力瞪回去。哼！我可是準備好才瞪的，看誰先眨眼，只是沒想到王大餅也很厲害，過了好久一點也沒有要認輸的跡象。

女生忽然對我說：「我覺得你說人家大餅是你先不對耶。」

害我不小心眨了一次眼，我好生氣喔，剛剛是誰為了幫她浪費四十元的，更討厭的是王大餅居然大笑：「哈哈哈，你輸了喔，是你先眨眼的喔。」

我氣到想用力捏他的臉頰。

女生又對王大餅說：「不過如果你家是賣蔥油餅的，被叫大餅也很正常，還可以幫忙宣傳家裡的生意也很好啊。」

這個女生終於想起來我幫了她，我想趁勢進擊。

「你看，人家都這麼說了，那以後你就是矮冬瓜蔥油餅喔。」

王大餅變得好激動，他大聲喊：「那你呢？你媽媽是開計程車的，要我叫你小車子還是囚車呢？還是說你爸爸是賣鐘錶的……」

啪！

等我回過神已經打了王大餅巴掌。他半邊臉好紅。

我沒想過要打他的。

王大餅深深吸了一口氣，努力不讓眼眶裡的淚珠流下，沒想到那個女生有夠笨的，居然對他說：「你好像快要哭了，還好嗎？」

這下子王大餅終於忍不住流下眼淚，沒多久就嗚嗚咽咽哭起來。

我回頭瞪女生正想說她，王大餅突然撞開我跑走了，沒想到他個子小力氣卻好大，撞得我好痛。

我看看他的背影又轉頭看那個女生，決定誰都不理，往另一個方向走開。

3 艾莉絲

愈接近公園，透過擴音器放送出來的競選歌聲就愈大聲，這位議員已經連任許多次，還有專屬的歌曲，不過我只聽得清楚其中一句「一起打拚夢想的家園」。

我低頭埋怨：「真倒楣。」

這麼吵鬧根本不會有鳥兒想待在這裡。

「幹嘛？你踩到狗大便了嗎？」

突然有人在我後面說話，我只差沒跳起來。

又是剛剛那個女生，這下子我有點生氣了。

我指著她說：「你幹嘛貼著我的耳朵講話啦！」

她的熱氣讓雞皮疙瘩從耳朵背後一路爬到手臂上。

她滿臉不在乎地說：「很難聽吧？他應該找專業一點的人寫歌。」

「什麼？」我一時沒反應過來。

「沒啊，隨便說說而已。」

我質問她：「你是跟著我過來的嗎？」

她卻反問我：「那你來公園幹嘛？」

我想都沒想脫口說：「當然是找鳥啊，誰會來公園聽那頭豬演講，他每次在朝會講話都講很久，大家都很討厭他。」

「那頭豬？」

「這個議員不是姓朱嗎？加上他笑起來超級像電影裡的豬八戒，我們學校的學生都知道啊，你不是我們學校的嗎？」

她看了看我的制服說：「我看起來像小學生嗎？」

「難道不是嗎？」

她搖搖頭，欲言又止，忽然轉身朝講臺的方向走去。

我追上去攔住她。

「你要去哪？少假裝要去聽演講了，你一定是跟著我過來的對吧？」

「沒啊？有什麼事我要找你的？」

她的回答讓我愣住，我馬上想起租書店的事。

「你還說呢，剛剛我為了掩護你，花了四十元買泡麵耶。」

笑意像湧泉般從她的眼睛裡冒出。

「所以你想知道房間裡有什麼嗎？」

我其實沒這麼想，但不知怎麼就慌張起來。

「我發誓才沒有呢。」

她笑得更開心了。

「這種事幹嘛發誓？難道你真的……」

我忍不住阻止她說下去，逞強說：「你……你還我四十啦。」

她點點頭從口袋掏出一張五百元鈔票，我接過錢才想到自己沒有零錢可以找開。

我問：「你沒有零錢嗎？」

她搖搖頭。

「那我們一起去外面的超商找開好不好？」

她看了看我指的方向說：「那裡太遠了，而且和我要走的方向相反耶。」

「不然你下次再給我好了。」

我也不是真的想要回錢，她卻說：「這樣太麻煩了，下次遇到你再給我好了。」

「萬一我們不會再碰面了呢？」我說。

「那就送你啊，又沒多少。」

她說完話又想走，我想了一秒決定追過去將錢塞進她手裡，沒想到她沒接好，掉了，風一吹竟然吹到附近的草地上，我以為她會去撿，但是她看都不看繼續往前走。

我對著她的背影大喊：「喂！那是你的喔，我才不管咧！」

她卻越走越遠，完全沒有要停下來。

「吼！真是的。」

我只能跺腳，乖乖去撿，只是風又將它吹遠，我追了幾次才撿到錢。

「哼！臭屁什麼啦。」我打算等一下將錢揉成一團丟到她臉上。

我將鈔票緊緊握在手裡，才幾分鐘就找不到那個女生了。

我望望公園的兩邊，聚集選舉人潮的那邊吵雜不堪，但為了還錢讓我不得不往討厭的地方去。我將機械錶貼近耳朵，聽它恰達、恰達的聲音，想起還沒為它上發條，於是我將錢塞進褲袋，為機械錶上滿發條。

「好，走吧！還了錢就走。」我為自己打氣。

我慢慢接近，找了一會兒，看到有人也在看我，對上眼後，他居然走過來，我還來不及反應，那個人已經來到我面前了。

「妹妹，你是裘家鐘錶的小女兒吧。」

我後退一步保持距離。

「請問你是誰？我不認識你耶。」

「我是議員辦公室的主任，之前有去你家找你媽媽，記得嗎？」

他說話的時候，特別將背心上印有姓名、職稱的那面秀給我看，我當然不會因為這件誰都可以製作的衣服相信他，不過他說的事我有想起來，有天晚上他的確來過家裡，他和媽媽談了很久。

我點點頭說：「叔叔你好。」

他似乎有件不好開口的事，兩隻手不停交互搓揉。媽媽說過，這是不安的表現，她要我記得，不要輕易將自己的不安與害怕讓外人看見，因為這會讓人覺得你好欺負。

猶豫了一會兒，他終於說：「你願意等一下到舞臺上和議員站在一起嗎？」

「為什麼要我上臺？」

他又遲疑了幾秒才說：「你想不想幫你媽媽？」

「上去就可以幫我媽媽？叔叔你是說會給我錢嗎？」

「錢？可以給你一點車馬費吧，但是不多就是了。」

我問：「有多少？」

他想了想說：「五十？」

我搖頭。

「一百？」

我繞過他準備走了。我還要找人還錢呢。

「好啦好啦，五百元！」

「五百？新臺幣？」幣別很重要，要是最後說是印尼盾不就虧大了，我可不是傻瓜。

他搔搔脖子後面。

「當然是新臺幣，不然是美金嗎？」

我聽到美金眼睛一亮，但是他馬上揮舞兩手說：「只能五百元新臺幣，這還是從我的酬勞裡扣給你的耶。」

我跟他說好。他的動作也太誇張了，我當然知道不可能是美金。

他拿了一件背心要我穿上，交代我說：「等一下議員要講開發的事，你只要在他叫你時站出來就好。」

我突然有點後悔。

「他不會講很久吧？每次在我們學校都講超過一個小時耶。」

「不會啦，講那麼久人都會跑光，議員知道啦。」

「他知道？」哼！只會欺負我們小學生。

這時，舞臺下方傳來掌聲。議員上臺了。

「快，我帶你過去。」

我跟著他後面走，一上臺就真的後悔了，但是後面不斷有人跟著上舞臺，想溜也沒辦法了。

我深呼吸，將錶貼在耳朵旁邊。我沒在聽演講的內容，所有人的情緒都好激動喔，我只聽得清楚每次議員問好不好，底下的觀眾就會大聲說好。

不知過了多久，議員忽然回頭，那位帶我上來的叔叔立刻彎下身說：「叫你了，快過去吧。」

我只好鼓起勇氣走上前，反正只要當傻瓜微笑就能賺到五百元，沒想到議員突然牽起我的手高舉，我想甩開他卻握得更用力，握得手好痛，我扭著身體回頭向那位叔叔求救，他卻只會用眼神安撫我。

臺下又傳來驚呼聲，我還沒搞清楚情況，被握住的手就被另一隻手用力從議員手裡扯出來。

我轉頭看，是剛剛我在找的那個女生，她好生氣，狠狠瞪著議員。

議員驚訝問：「你在幹嘛？」

女生回答說：「她是我朋友。」

說完，就拉著我就往臺下衝去，我們沒有遭遇任何阻攔，我們一直跑，我因為她那句「她是我朋友」而有些小激動，我們跑在公園的自行車道上，我偷偷看著她，這時我才注意到她烏黑的長髮兩邊，各有一縷挑染成藍色的髮絲，此刻像翅膀一樣隨風上下擺動。

我們離開公園才停下來，她還在氣喘吁吁就急著開口罵我：「沒啊，你是傻瓜嗎？人家要把你賣掉，你還上去幫忙數錢喔？」

「賣掉？上臺就會被賣掉？」

我隨即有另一個疑問：「你怎麼知道議員要賣掉我？」

女生說：「我在後臺聽到的。」

「你怎麼會去後臺，你是工作人員嗎？」

她搖頭沒回答。

我還想追問，但是口袋裡的手機響了，嚇得我跳起來。

吼！媽媽又擅自將鈴響打開，鈴聲還選擇她自錄的語音「裘曉莉！接電話！接電話！」我的臉一定像番茄一樣紅了。

電話一接通立刻傳來姊姊的大叫：「裘曉莉你快回家，阿嬤又吵著要出門，我要做晚餐，等一下還要去打工。」

我連好都來不及說，姊姊就掛斷電話了。

女生說：「你的手機好酷喔，小小一支感覺好可愛。」

酷？我對她白眼。這支是姊姊淘汰不用給我的手機，螢幕上還有裂痕，不過我沒時間跟她計較，剛好綠燈了，我匆忙跟她說要回家了就跑往對街，過去了我才想到今天碰面這麼多次，都還不知道她的名字，我看她還在對街低頭踢路上的小石頭，我趕緊大喊：「我叫裘曉莉，你叫什麼名字！」

旁邊的路人紛紛看向我，感覺丟臉死了。

那個女生表情驚訝，遲遲不肯回答，我急著要趕回家沒辦法等她太久，我在心裡數秒，再過三秒，不對，再過十秒，如果她還是不回答，我就轉頭離開，還好當我數到五的時候，終於聽見她說：「艾莉絲，我叫艾莉絲。」

我滿足地和她揮手，她也揮手。

我一直跑都沒停下來，直到我進了家門才想起，艾莉絲的錢還在我的褲袋裡。

我發誓，我一定會還給她的。

4 塵封的密室

姊姊煮好晚餐，匆匆吃了一些就急忙出去了。原本該是姊姊替阿嬷洗澡，我們說好輪流的，但是姊姊已經賴皮好幾次了。

阿嬷像小孩一樣往我身上潑水，等我換好衣服出來，阿嬷又將晚餐吃得整張桌子都是，她好像特別開心。

好不容易吃完飯，我幫阿嬷擦臉、陪她刷完牙後，阿嬷馬上跑去沙發坐下說要聽歌，我選了她最喜歡的錄音帶播放，等我收拾完餐桌、浴室，阿嬷又跑回房間睡著了，這讓我鬆了一口氣。有時我整個晚上都得追在阿嬷後面收拾她弄亂的東西，然後我會生氣，但當我想到怎麼可以生阿嬤氣的時候，又會難過到想哭。

阿嬤時常像今天一樣，忘記自己忘記我們，她會變回小女孩。

我看著熟睡中的阿嬤，她的臉上帶著笑容，此刻應該作著美夢吧，這樣的微笑才是我記憶裡阿嬤慈愛、和藹的面容。

媽媽說，阿嬤只是變回小孩子沒有什麼不好，一切都會好轉的。是啊，當孩子很好，我要一直當媽媽的孩子。

姊姊每天晚上都要打工，但我知道有時她是去找朋友。我會幫她保守這個祕密不跟媽媽說，這是我們孩子之間的祕密，也是我們姊妹之間的默契。

家裡又剩下我跟阿嬤了，每當這樣的時刻，我都好想進去爸爸的工作室，但媽媽說過不可以。

門被媽媽鎖上了，她說店鋪和家裡相通，萬一有人打破玻璃進去店鋪，就可能會再進到家裡。我和姊姊都知道這只是藉口，因為店裡的玻璃窗外還有一道鐵窗。

我試著扭動門把，意外的門居然沒鎖，是媽媽進去過忘記鎖了嗎？我不只一次看見她站在門前一動也沒動。

我想推開門，後面似乎有東西擋住了，我用力將它一點一點推開，忽然間阻力消失了，下一秒門後傳來「碰」的一聲巨響，有物體在門後墜落，碰撞的聲音在我的耳朵裡迴盪，我好像聽見自己心跳鼓動的聲音。然而什麼事也沒發生，屋子裡依然安靜，阿嬤也沒有醒來。

進去後才知道，媽媽是用爸爸的櫃子擋在門後，再從店門出去鎖上，這樣即使有鑰匙，也沒辦法輕易從家裡將門打開。

路燈的光從窗格透入，如同銀白色的月光斜斜灑落桌上。工作室裡的時鐘全都停了，各自停在不同的時間。我巡視每一個鐘，回想它們背後的故事，這些鐘都是被主人遺棄的鐘，都有不同的理由。爸爸將它們修好變成工作室的擺設，他說沒關係花不了什麼錢，讓它們恢復計時是他的興趣與責任。

爸爸說，每個機械鐘的秒針即使調校得再準，也很難同時跳動，那可是只有神做得到的事。我是聽不出來差異。

雖然如此，爸爸也說我們不總需要按著時間過日子，但至少應該將手錶調到正確的時間。

微光中，我不由閉上眼睛，想念爸爸工作時的情景，努力從嗅聞到的氣味找尋過往的回憶。

滴、滴、滴，我聽見了，桌上有細微的聲音，我移開覆蓋的塑膠布，發現一支小巧的石英錶，它是典型工業化後大量生產的平價錶，一般來說並不像機械錶一樣有送修的價值，我想它應該是主人非常珍惜的錶吧。爸爸也不會因為金錢的高低而差異對待每支錶，一支錶的價值只在於它能否跟上時間的腳步。

錶帶上掛有主人的聯絡資訊，儘管字跡有些模糊，依然可以看得出送修人的聯絡資料。我仔細查看，爸爸似乎已經修好了，也做了基礎的清潔與保養，爸爸沒有放進箱子裡代表它不是被遺棄的錶。我想主人也許曾經來過，但是因為店關門了而沒辦法拿回手錶。

時間還不太晚，我鼓起勇氣，按照聯絡的號碼撥打電話，等了一陣子沒人接只好掛斷，我決定白天再試。

阿嬤在房間發出聲音，我連忙走過去看，原來只是在說夢話，我在耳邊輕輕說：「阿嬤，我好想你喔。」

我和小時候一樣躺在她旁邊睡，不知過了多久，忽然聽見碰碰碰的聲音，我睜開眼睛一時不知道自己在哪裡，四周闇黑寂靜，僅有的一點光在天花板微微晃動，很快的我知道那是街燈從縫隙流洩進來的痕跡，布簾鉤環早已斷裂而留下一個進光的孔洞。

碰！碰！碰！又是無預警的敲擊聲。

幾點了？會是姊姊沒帶鑰匙嗎？

「是誰啊，是我的小裘回家了嗎？」

阿嬤醒了，小裘是爸爸的小名，我雖然有些難過，還是靠過去抱住她。

「阿嬤你繼續睡沒關係，可能是姊姊忘了帶鑰匙，我去開門就好。」

現在她不是小孩，而是回到爸爸還小的時期。在家裡，除了阿嬤偶爾會提到爸爸外，每次我跟媽媽或姊姊說到爸爸的時候，她們都會找藉口不跟我談。

我揉揉眼睛走出房間。

「姊，是你嗎？」

門外傳來東西倒地的聲音，應該是媽媽放在外面等著回收的瓶罐。

「姊，是你嗎？你不要開玩笑喔，不然我會跟媽說，你晚上出去找朋友的事喔。」

門外還是沒人回應，我透過門上的貓眼孔看也沒看到人，於是我慢慢地打開裡面那道門，隔著最外面的鐵門看，庭院是真的一個人也沒有，媽媽的車也還沒回來，也許是附近的人喝醉敲錯門了。

我不以為意走回客廳，剛剛睡著忘了刷牙，等我走到浴室時門外又傳來碰！碰！碰！的敲擊聲，這次我聽得比較清楚，好像是棍子敲鐵門的聲音，我開始害怕，立刻跑到阿嬤房間將門鎖上。我一邊發抖一邊撥電話，但是媽媽沒有接，應該是在開車，於是我又打給姊姊，響了許多聲她終於接電話了，我從沒聽過自己發出過這樣哀號的聲音，我跟姊姊說：「姊，快回來救我們，有壞人在破壞家裡的鐵門！」

我只想到要緊緊守在阿嬤旁邊等人回來，當我想到姊姊也是女生時已經過了一段時間，我正猶豫要不要打一一〇報案電話時，一陣尖銳的摩托車引擎聲傳來，沒多久車子停進庭院裡，可是我的手發抖到連「一一〇」三個數字都沒辦法按。

「裘曉莉！裘曉莉！」

是姊姊的聲音，我的手一鬆手機就掉到地上。我馬上衝出去，姊姊也焦急地用鑰匙開門，當我打開內門，姊姊卻還打不開鐵門。

「可惡，是誰用瞬間膠黏死鎖孔！」

當我看到姊姊背後站著一個高大的男人，他粗壯的手臂上還有刺青，我抬頭看見他也在看我，我嚇到哭喊：「姊，小心！你背後有人。」

我不知哪來的勇氣打開鐵門，用力抓住姊姊想將她拉進來，但是直到我關上鐵門，那個男人仍站在原地沒動。

姊姊抱住我問：「阿嬤呢？你和阿嬤都沒事吧。」

我的眼睛還盯著外面的人，身體還在發抖，連聲音都發不出來了。

「你沒事吧，怎麼抖成這樣？」

我能感覺到她溫熱的手摩挲我的背，姊姊大我五歲，我不記得上次和她這麼靠近是在什麼時候了。

過了好一會兒，她才轉身介紹。

「袅袅，這是和我一起打工的同事。」

儘管姊姊這麼說，我還是沒辦法立刻從驚嚇的情緒裡恢復，但是我注意到姊姊的同事，不知道何時轉過身背對我們。

「好了啦，你要撒嬌到什麼時候？我們還有更重要的事要做。」

我緊緊跟著姊姊，先去房間看阿嬤，當她回到客廳要開門時，我還下意識抓住衣角不讓她過去。

姊姊笑說：「袅袅你不要害怕，小熊是很可靠的人。」

打開門後她又說：「這裡我和小熊處理就好，你回房間陪阿嬤吧。」

我搖搖頭，再次抓住姊姊的衣角說：「我陪你去！」

走出門外時，小熊也後退了幾步。

姊姊對小熊說：「你看這個油漆能不能洗掉？」

我順著她的眼光看到用紅色油漆寫在牆壁上的大字「滾」。

我既吃驚又害怕，想不透這是誰做的。印象裡，我們沒有和附近的人吵過架啊，我想問姊姊，但是她忙著和小熊商量。

他似乎不怎麼愛講話，他從摩托車車箱裡拿出一塊布，我默默看著他將布剪開成條狀塞進油箱裡，然後將布吸附的汽油塗抹在紅色油漆字上，他和姊姊一個人抹汽油另一個人用布擦拭。

我沒事做只好巡視房子其他地方，結果在另外一面牆也發現了油漆漬，這次更狠，幾乎是整桶漆潑灑在上面。

姊姊和小熊才勉強清除字跡，她看到這面牆的慘狀也忍不住咒罵出聲。

小熊說：「這個要去買有機溶劑才行了。」

沒想到小熊的聲音很溫柔，和外表一點也不搭。

當我們對著牆發呆的時候，忽然有燈光從巷口照過來，姊姊意識到是媽媽的車回來了，她的反應居然是要小熊趕快騎車離開，但是來不及了。

媽媽下車後看了看我們，看了看四周，過了一會兒她的第一句話是：「你們是想燒掉房子嗎？」

姊姊馬上介紹小熊，媽媽又對著小熊說：「你會不會避孕？」

5 生日禮物

整個晚上我幾乎沒睡，到了天快亮才迷迷糊糊睡著，早上根本爬不起來。

媽媽則是將鋁棒放在一旁，守在沙發睡覺。

姊姊到早上還在生媽媽的氣，她一直強調小熊只是打工的同事，媽媽卻還是要小熊跟她到巷口說話。

派出所晚上只有一個人輪值，早上才有警察來我們家查看，那個警察是媽媽的同學，但是能做的也只有拍照和記錄，這附近沒有安裝監視器，想抓到犯人可能沒那麼容易。警察叔叔說會加強這裡的巡邏，還問媽媽有沒有想到是誰做的，媽媽搖頭說不知道。

今天媽媽暫時不去開計程車，她會整天留在家裡照顧阿嬤。我和姊姊一起結伴上學，她特地陪我到校門口才搭車去高中。出門前媽媽將我們抱在一起，要我們不要被這件事影響。

我的胸口像是塞滿了東西，只好不時嘆氣讓自己舒服一點。

一進教室看到許多女同學都穿著粉紅色的衣服，我才想起來今天是粉紅女生日。

張玉蕙第一個看見我，她跑過來說：「曉莉，你又忘記了，對吧！」

我很想白眼她，我當然是忘記了。

曾小美馬上說：「她才不是忘記呢，她是故意的！」

她這麼說，其他女生居然也跟著認為我是故意不穿的。我的確很不想穿粉紅色的衣服，可是我也沒有那麼不合群，配合大家穿一天的班服我還是願意的。

黃玉珍乾脆走過來扯我的衣袖，還發出嘖嘖嘖的聲音。

「那怎麼辦，你穿這樣只能當一天男生喔。」

我聳聳肩，覺得也沒什麼，她的意思是，今天我不能跟她們一起吃飯或是聊天。

我走到座位坐下，王大餅立刻將頭偏到左邊，好啦，昨天是我比較不對，我應該跟他道歉，我對他說：「對不起啦。」

他假裝沒聽見，我跑到左邊結果他頭又偏回右邊。

「王秉鈞？」

他還是不理我。欸，好麻煩喔，這樣要到什麼時候才能道歉啊？

我乾脆把他的頭扳向我，用頭頂著他的頭說：「是男子漢就和我做個了斷吧！」

他馬上撥開我的手跳離座位。

「你幹嘛靠這麼近！」

「咦？你發燒了嗎？怎麼臉這麼紅？」

我伸手想摸他額頭卻又被撥開。

「那是因為你有口臭啦！」他說完還捏住鼻子。

口臭？有嗎？吃完早餐我還刷過牙啊，但那不重要啦，我要趁這個機會趕快道歉。

我單膝跪地，右手橫胸行騎士禮。

「昨天是我不對，我跟你道歉。」

他立即跳開說：「你搞什麼，你知道這是做什麼的嗎？你別亂用啦！」

是嗎？我看電影裡的騎士都是這樣行禮啊？

玉珍超三八的在旁邊大叫：「大家快看喔，裘曉莉跟王秉鈞求婚了！」

我拍掉膝蓋上的灰塵站起來。

「不是這樣啦，因為我昨天不小心打了……」

王大餅突然用手摀住我的嘴，他對其他人說：「要上課了，大家趕快回座位。」

玉珍還想說話，沒想到導師真的在這個時候進教室，老師很有精神說：「同學們早！今天大家怎麼這麼興奮啊？發生什麼事誰來跟老師分享一下？」

所有人默默坐回座位，連超多話的玉珍也沒提剛剛發生的事。

導師巡視大家卻沒有人要說，沒多久她發出驚呼聲說：「咦？今天我們班上的女生好漂亮喔，怎麼沒叫老師一起穿呢？」

老師看到我立刻又說：「啊，裘曉莉對不起沒看到你。」

玉珍舉手說：「老師還有佳萱也沒有穿喔。」

但是導師好像沒聽見，她拿出考卷。

「等一下我們要發段考成績，這次……」

同學們高分貝的哀號聲蓋過了導師的聲音，我的耳鼓也被叫得嗡嗡作響。

我轉頭看佳萱，她坐在最角落的位置，頭髮總是垂下遮住臉，看不到她的表情。

下午，體育課過後發生了一件事，玉珍大喊她的粉紅色班服不見了，一開始大家都看向我，但是我身上也穿著體育服剛剛下課，所以下一秒大家又全看往佳萱的座位。導師後來知道這件事，卻只有找了她去辦公室，只不過她也很快就回教室了。

聽說，佳萱雖然沒去上體育課，保健室的老師說她都待在保健室沒離開過。最後導師不知道怎麼處理的，玉珍好像不打算追究這件事，也不會跟家長說。

後面的課我幾乎都在打瞌睡，但是放學鐘響我立刻有力氣，跳起來第一個收好書包就往外衝，我有很重要的任務，我要將昨天找到的石英錶送去給它的主人。

我按照地址來到一個社區，這是我們鎮上少有的高級社區，我跟門口的警衛叔叔說要找這個地址的陳小姐，他看到我穿學校制服就放我進去了。

這裡的每一戶人家都是獨棟獨戶，我花了點時間才找到陳小姐家，我深呼吸一口氣後按電鈴。

沒多久對講機傳來稚嫩的聲音：「喂，你要找誰？」

「啊，妹妹我想找媽媽，她在嗎？」

「我是男生不是妹妹。」說完話他居然按了開門鍵。

鐵門卡一聲開了，但是我不知道該不該進去，猶豫的時候，對講機裡總算傳來大人的聲音：「成成，是爸爸回家了嗎？」

「不是，有個姊姊說要找你。」

沒多久我聽到小男生的媽媽拿走話筒時的雜音。

「請問你要找誰？」

我不由清了清喉嚨才說：「請問您是陳愛玲小姐嗎？」

「是，請問你有什麼事嗎？」

我趕快拿出書包裡的手錶放在鏡頭前說：「這是您之前送修的手錶，我想將它還給你。」

陳小姐靜默了幾秒。

「你找錯人了。」說完就掛斷對講機。

我沒想到她會突然這麼做，於是我再度按電鈴，等了好久沒有回應，我又按一次還是沒回應。我看著手裡的石英錶，如果是爸爸他會怎麼做？一想到爸爸我決定按照自己的想法替他完成這張訂單。

我慢慢推開鐵門走進庭院，小石頭鋪成的小路旁停了一臺學步車，鮮綠色的草皮中央還有水池造景，吸引我目光的是角落一隻瘦高的鳥，從它細長彎成S型的脖子判斷，我以為是飛進來休息的大白鷺，但看了很久牠卻一直沒有動，仔細看才知道是擬真的鳥雕像。我好想走過去摸摸看喔。

我克制自己的衝動，走過去敲門，沒多久傳來咚咚咚的走路聲，剛剛那個稚嫩聲音的小孩喊著：「爸拔回來了。」

他嘗試了好幾次都打不開門。

「成成讓媽媽來開。老公你又沒帶鑰匙了嗎？」

陳小姐開門看見我她臉上的笑容馬上僵住。

「你怎麼還沒走？你是爬牆進來的嗎？」

我沒回答她這個問題，我拿出手錶握在手裡，想趕快解決早點離開。她看到手錶後，原本生氣的眼神，忽然變得失神，幾秒後她嘆了一口氣說：「給我吧，要多少錢？」

錢不是我來的目的。

我問：「請問你剛剛為何說你不是陳愛玲小姐，我必須確定是手錶的主人才能交還。」

她忽然說不出話，接著就想伸手拿走手錶，我本能地縮手，她似乎很急躁居然上前一步想搶手錶，我後退將錶藏在身後，陳小姐愣住了沒再過來，我們僵持了一會兒，這時，社區車道上傳來汽車駛近的聲音，陳小姐的臉色忽然變得蒼白，她焦急說：「拜託你不要讓我先生知道這支手錶的事。」

我還沒反應過來，陳小姐的先生已經將車停在門口，當他走進來時，陳小姐搶先開口：「老公，這是我美術班的學生，等一下我帶她去外面的咖啡廳。」

我不知道陳小姐說謊的理由，也不喜歡說謊，但是我看到陳小姐的臉色，知道這件事讓她很為難，所以我選擇不說話。

走往咖啡廳的路上我們一前一後，我默默觀察她走路心事重重的樣子，開始有點後悔來找她了。

走出社區後我跟她道歉：「陳小姐真對不起，如果我知道會這樣就不會來了。這支手錶如果你還要，我就在這裡交給你就好。」

愛玲小姐嘆氣。

「我才要跟你道歉，就讓我請你吃點東西好嗎？」

她接過手錶輕聲說：「這是我爸送給我的生日禮物。」

6 神遺忘的孩子

回家的路上我有些難過，最後，愛玲小姐還是決定將錶留給我。我不知道她們父女之間發生了什麼事，她只說爸爸做了不對的事，不能讓現在的家人知道，她要我答應不跟任何人提起這件事。

不過，她有說了一件關於我爸爸的事讓我好驚訝。她說送修手錶的那天，她一進到店裡就看到爸爸穿著奇怪服裝還戴著詭異面具，嘴裡又發出怪怪的聲音，爸爸看見她馬上脫掉面具，然而她覺得這個人怪怪的想要離開，爸爸卻一眼看出手錶的問題，她才將錶留在店裡。有一次她又經過店門口，終於看懂爸爸身上套的是老鷹面具與翅膀，但是他把面具做得太可怕，使得他看起來像鬼怪。

她說的這件事讓我回想到當時幼兒園的才藝表演，我自告奮勇要演保護小雞的母雞，預先彩排那天，我看見扮演的那隻老鷹太過可怕，當場哭起來，後來老鷹就變成媽媽來演，她沒有穿老鷹裝，看起來像是另一隻更大的母雞，最後我們小孩都好開心，呵呵笑地跑到她後面變成小老鷹了。噢，我可憐的爸爸，當時一定自尊心受傷很嚴重。

只是我不明白，這支石英錶對於爸爸有什麼特殊意義嗎？為什麼過了那麼多年，他仍相信會有人回來取走。我舉起左手的機械錶貼近耳朵，聽它恰達、恰達

的聲音。

「爸爸，我好想你喔。」

我決定將石英錶戴在右手，希望有一天能夠找到爸爸在意它的理由。

沒能完成任務就想回家了，但是媽媽希望我能和姊姊結伴回家，現在離她下課還有一段時間，我只好慢慢沿著街道走過去，還可以省下坐公車的錢。

快要到姊姊高中的路上，看見不遠處的建築物上有個十字架，我想起已經有段時間沒去教會了，那間建築是什麼呢？也是教會嗎？好奇心驅使下，我打算過去看一看。

在它前方有座四層樓的公寓，我必須先從大路旁的巷子進去，轉了三次彎才終於看見它的全貌。如果不是它高聳過附近房子的十字架，我也許都不會來到這裡。

它的招牌掛在大門旁，原來是教會附屬的育兒園。我靠在欄杆想看看裡面的模樣，沒想到它居然有一個小小的籃球場，現在有幾個孩子正在打球，其中一個女孩子我愈看愈眼熟，她身上竟然穿著我們班的粉紅色班服。

她居然是巫佳萱，沒多久她也看到我了，我只好跟她揮揮手。

巫佳萱把球交給其他人就直直往這邊走過來。

以前，我幾乎沒有跟她交談過，於是想從班服聊起。

我試著微笑說：「還好你今天也沒穿班服，不然就只有我被大家怨恨了。」

「你是故意跟過來確認的對吧？」

「蛤？你說什麼？」我完全不懂她的意思。

「你少裝了，全班就你最噁心了，你是不是以為自己很善良？是正義使者？全班就只有你會用那種眼神看我，告訴你，我不需要你可憐我。」

她越說越激動，我也感到委屈，我自認為我對她的關注只是好奇與擔心，沒想到對她來說卻是滿滿的惡意。

她忽然脫掉身上的班服，將它揉成一團丟到我身上。

「拿去！拿去告狀吧！叫玉珍找警察來抓我啊。」

「這不是你自己的嗎？」

「你再假啊，你明明知道我沒買班服，還故作友善打探，你真是超級噁心的人。」

她誤會了，我不知道她沒有買班服，班上很多事我都不知道，我是那個資訊最落後的人啊。

佳萱看我沒反應接著又說：「你是不是想知道，保健室老師為什麼幫我說謊？」

我什麼想法都沒有，但是我直覺想阻止她說下去，但還是來不及了。

佳萱說：「老師是信徒，所以我以神的名義發誓她就相信我了。」

她說完眼淚就流下來，她並沒有走開，就站在原地讓我看著她哭，我猜不透她的想法是什麼，其實，我也搞不清自己要怎麼處理這件事。

這是我第一次看見她沒有讓頭髮遮掩的臉，我脫口說：「其實你很漂亮耶。」

她的表情瞬間凍結住，沒多久她深深嘆口氣。

「算了，你要怎樣就怎樣吧，我累了。」

我看到她轉身要離開，心裡忽然激動，我對她喊：「我也相信神不在這裡。」

她行進的身體晃動、暫停了一下，最後還是沒有回頭看我。我將班服撿起來放進書包，沮喪地往姊姊的學校前進。

和姊姊會合後，我們一起坐公車回家，她以為我還在因為昨晚的事而不開心。

我突然想問她。

「姊，你覺得這個世界有神嗎？」

她愣了幾秒，突然輕輕拍了我的頭。

「嘿，裘曉莉，你不適合裝憂鬱喔，你應該像以前一樣吃飯、賞鳥、睡覺，就這樣乖乖長大就好。」

我還想說什麼，姊姊卻示意要接電話。是小熊的來電。姊姊靠在車窗和他講電話的時候，整張臉充滿笑意，我好想伸手摸摸看，看是不是像夕陽照在她臉上那樣的溫暖。

7 可疑的老人

那天晚上的驚魂夜就像是噩夢一樣，醒來就消失不見了。

也許是警察的巡邏發生效用，總之，我們沒再遇到半夜有人過來騷擾、恐嚇。

日子逐漸回復正常，許多事沒變，但我有些想法改變了。應該說佳萱的話對我產生了不小的影響，而且我發現自己已經被班上的女生排擠了。

在學校，我會刻意避開佳萱，不再叫王秉鈞大餅了，但是他最近怪怪的，有時他會在後面跟著我，當我發現時他就移開視線或是走開。

啊！頭好痛！姊姊說的對，憂鬱就到此為止吧。

走著走著，不知不覺又來到這條街，以前我時常跟著爸爸來這裡買東西。

這裡並不是鎮中心最熱鬧的地方，但是它曾有過全世界最好吃的蚵嗲。記得第一次點蚵嗲的時候，因為它有我沒聞過的味道而不敢吃，爸爸跟我說：「裘裘，爸爸以前當兵的時候，看過一種專吃牡蠣的鳥，你想知道嗎？」

我馬上點頭。

他跑去跟老闆借了蚵殼過來，然後拿起筷子說：「那是一種叫蠣鴴的鳥，假如我的筷子是鳥嘴，牠會這樣戳呀戳、啄啊啄的將牡蠣殼撬開，吃掉裡面的肉。」

我用手指試探性碰觸牡蠣殼粗粗刺刺的外表，好硬啊。

我說：「牠的嘴好厲害喔。」

「當然，牠一天可以吃掉好多顆牡蠣、貝類。」

「牠是因為愛吃牡蠣才這麼厲害的嗎？」

爸爸夾起一小塊蚵嗲拿到我嘴邊。

「你想當厲害的大嘴鳥嗎？」

我點頭，張嘴，吃掉。後來，我吃掉一整份蚵嗲。

我不是一個記性很好的人，但這樣的小事我卻記得清清楚楚，包含爸爸為我擦掉嘴邊的甜辣醬，卻不小心沾到自己的衣服。

爸爸來這裡當然不是特地來吃東西。以前這裡有家材料店，他會跟裡面的老婆婆買修理鐘錶所需要的東西。老婆婆比我阿嬤現在的模樣長得更老，她是守護老爺爺留下的店，但是她分不清楚藥劑或是工具的差別，都是讓顧客自己進店拿貨，付多少錢也是顧客說了算。我跟爸爸進去過幾次，他有個小小的壞習慣，他會將慣用的藥劑偷偷塞到別人不容易找到的地方，好讓他下次可以再買到。我有問過為什麼不乾脆通通買回家就好，爸爸只是傻笑，沒有回答我。

有一天，店收起來了，它曾空荒了許久都沒有開新的店鋪，我以為它會像一個不再打開的大箱子，永遠擱在那邊。爸爸離開後，有次我偶然經過附近，看見它開了新的店，就是我常去的那家租書店，老闆長得有點像老婆婆，我懷疑過是她的兒子。

當我走到租書店門口，發現它今天很不一樣，現在才不到五點，它居然燈火通明，光亮到連門外一公尺的地方都被照亮了。

我興奮地衝進去說：「老闆！你今天良心發現了吧。」

我一直等待這個時機想虧他，沒想到店裡更奇怪，平時空曠的座位區現在坐滿人，顧收銀機的也不是老闆，卻是艾莉絲。

「嗨，裘曉莉。」

我還沒反應過來。

她又說：「老闆特別交代，有個會來看《天國飛鳥》的孩子不要收錢，就是你吧。」

我呆呆回：「你怎麼知道？」

「沒啊，你動作那麼明顯，誰看到都知道你在藏寶。」

她拿出那本書放在桌上。

「吉爾斯那隻笨鳥，活該飛來飛去。」

「吉爾斯才不是笨鳥，牠一定可以找到天國的入口！」我不服氣，她不該罵牠的。

有客人點飲料。

「小姐，我要一瓶可樂。」

艾莉絲連看都沒看就說：「一瓶可樂自己來拿，兩瓶才送！」

沒想到客人居然沒生氣，還回答：「那就來兩瓶吧。」

當艾莉絲起身送飲料時我才知道原因，店裡全是男生，大家放下手上的漫畫看著穿短裙的艾莉絲經過。

當她回櫃檯時我趕緊靠過去小聲說：「你知道他們都在偷看你的大腿嗎？」

「當然，不然我幹嘛這麼穿，別擔心，我還當過檳榔西施呢。」

我好驚訝。

「你幾歲？怎麼可以做這些工作？」

「沒啊，犯法的又不是我。」

我仔細看，艾莉絲畫了淡淡的眼妝，看起來的確不像未成年。

這時她伸出手說：「拿來。」

「什麼？」

「四百六啊？」

我想起來了，尤其是當時我還用了「我發誓」三個字。我的臉好燙，只好辯說：「是你自己丟在地上不要的耶。」

她的手還是沒縮回去。

我只好吐舌頭說：「我身上沒那麼多錢啦，反正你會在這裡打工，我下次再帶給你好嗎？」

艾莉絲露出神祕的笑容。

「我可能就只打工一天喔。」

「蛤？一天？」

她手撐著頭看外面沒再理我，我不知道該站在原地還是回家拿錢。

艾莉絲忽然說：「終於來了。」

她的眼神閃閃發亮。

這時店外走來一群人，其中一個對艾莉絲說：「臨檢，請出示身分……」

沒想到那個人話還沒說完，她已經將身分證遞到那個人面前。

作環境是……」

那人接過證件也沒看，接著又說：「朱小姐你還未成年，如果工

艾莉絲又早一步指向裡面的小房間，那個帶隊的人好像有點尷尬，他指示旁邊的人進去小房間，沒多久帶回來許多用黑紙包裝的書，那些人翻了幾本書的內容，像是隊長的人正想說話卻又被艾莉絲搶先一步。

她像機械人一樣說話：「根據勞動基準法第五章第四十四條第二款，童工及十六歲以上未滿十八歲之人，不得從事危險性或有害性之工作。」

她說完這些就離開櫃檯，艾莉絲對著其他客人說：「剛剛有偷看我大腿的人請自首喔。」

然後，她對目瞪口呆的隊長說：「這裡就交給你處理了囉！」

她拿起背包拉著我就往外走，我的頭不由得偏向店裡，想知道後

面的發展。

我任由她拉著走，腦袋浮現一些想法。

「你知道會有人來臨檢嗎？」

她的臉上一點表情也沒有。

我又問：「你為什麼要這麼做？老闆有得罪你嗎？」

她帶我轉進小巷子，從背包拿出《天國飛鳥》給我。

我本能收下書，她拿出長褲穿進短裙換裝，外面套上第一次看到的那件棒球外套，最後戴上棒球帽。她整理袖子時，我看見艾莉絲兩隻手臂有好多條傷疤。

艾莉絲嗆：「你看屁啊！」

我忽然好生氣，轉頭就走，艾莉絲追過來拉住我說：「沒啊，你的書我也幫你拿出來了啊，幹嘛這樣啦？」

我用力甩開她。

「你不懂，你不懂啦，你毀了人家的回憶！」

艾莉絲低頭說：「對不起。」

我看她的肩膀微微抖動，以為她在哭，心一軟就安慰說：「算了，沒關係啦。」

「真的嗎？」她馬上抬頭，臉上盡是燦爛的笑容，一點傷心的感覺也沒有。

欸，我無奈地想，氣已經消了，也難再生氣了。

如果以鳥類來形容，艾莉絲像奸詐的布穀鳥，她現在不知道看到什麼，眼睛又亮晶晶閃閃發光了。

我順著她注視的方向看，有個穿水藍色羽絨外套，戴米白色漁夫帽的老人趴在幼兒園圍牆上偷窺。

艾莉絲又擅自拉起我的手。

「走，我們來去拍戀童癖的犯罪證據！」

我拉住她。

「等一下，他可能只是某個偷看孫子上學的阿公啊？」

「你不相信？跟我來，有個方法可以證明。」

她等我們走到老人身後忽然對著我大喊：「你在幹嘛！」

沒想到老人真的落荒逃跑，艾莉絲笑到彎下腰全身抖動，我不知所措地看著她。

艾莉絲到底是什麼人，她太瘋狂了，我決定馬上離開。

8 媽媽的祕密

和艾莉絲分開後我還不時回頭，確定她沒跟過來才找地方停下來休息。

我看著手上的《天國飛鳥》嘆了一口氣，將它放進書包裡，祈禱租書店不會關門，希望能有機會將書還給老闆。

來到車站附近，我看見媽媽的車停在收費停車格裡，她去哪了？我在車旁等了幾分鐘，如果只是上廁所也應該回來了。媽媽平時不會停在收費的停車格，她都會找不收錢的白線臨停。

我沿著騎樓找，沒多久看到她坐在咖啡廳裡，我正想過馬路去找她，卻看見她對面還坐著一個陌生男人，他們像是在談事情又好像是在閒聊，這是我第一次看到她和別人坐在一起，但別說是陌生男人了，她連和我們一起去咖啡廳都捨不得。

我躲在對街的柱子後偷看。

「不要笑，媽，不要對著他笑。」不知不覺我將心裡的想法說出口。

忽然有人在我後面說：「那個一定不是你爸吧？」

我嚇了一跳。

又是艾莉絲，她說：「要不要我幫你拍你媽偷情的證據？」

這次我真的生氣了，對她吼：「你又跟蹤我！」

她完全不在乎我的感受繼續說：「但是他看起來比你媽年輕耶。」

「你別亂說！」

艾莉絲忽然靠過來，我只好往後退，但背後是柱子，沒有退路了，她兩手撐在柱面將我困住，不讓我有迴避的空間。

「要不要？我有方法可以確認！」

我想起剛剛那位被嚇跑的老人，心裡不知道該生氣還是擔心。

「走！跟我來。」

她轉身就想過街，我想都沒想立刻拉住她。

艾莉絲笑了。

「沒錯吧，你心裡想的也是那樣吧。」

我死命捉住她，不斷搖頭。

「好啦，好啦，我不過去就是了，你弄痛我了。」

「啊，對不起……」我鬆手道歉。

沒想到我一放開，她就往對街跑過去，艾莉絲像是不要命似的，完全不在乎車子，都是車在閃她，等我好不容易也過去了，她卻什麼事也沒有地站在那裡大笑，兩手還不停相互拍擊。

「你太過分了！」

艾莉絲一臉不在乎。

忽然間她說：「他們出來了，猜猜看接下來會去哪裡？」

「少來了，我不會再上當了。」

我才剛說完話，那個穿西裝的男子正好從旁經過，我下意識想躲。

她看著男子的背影喃喃說：「什麼嘛，居然就各自分開了。」

接著轉頭問：「你要跟蹤誰？」

我才不想理她，直接往媽媽的方向走去，艾莉絲也跟在後面。

媽媽走進銀行，並走到二樓，樓梯口的牌子寫著「放款業務」。

我還在想什麼是放款的時候，艾莉絲說：「放款就是拿東西抵押借錢。」

她貼近我繼續說：「我猜你媽要把房子抵押給銀行，至於錢要給誰我就不知道囉。」

「我不想知道，你也不要再跟過來！」

我轉身離開。

「騙人，你明明就很好奇對吧？」

我快被她逼瘋了，停下腳步怒說：「你怎麼不回家找你爸媽，你沒有爸爸媽媽嗎？」

艾莉絲臉上促狹的表情瞬間消失、扭曲，下一秒頭也不回轉身離開。

我感覺自己好像說錯話，心裡雖然歉疚，卻也慶幸可以甩掉她。

心情一下子降到最低點，走起路也感覺沉重。我不敢往媽媽可能去的地方走，只好選擇最近的公園散心。

少了選舉造勢的活動，這個時段只有少數來公園散步的人，四周非常安詳寧靜，也是適合賞鳥的好時機。我選擇往池塘的方向前進，

如果幸運的話，可以遇見幾隻打算覓食的鳥。

經過噴水池時，我似乎聽見有小貓的叫聲，我停下腳步在附近找尋聲音的來源，結果在靠近草叢的時候看見熟悉的身影，是吉吉，牠全身炸毛、齜牙裂嘴阻止我往牠靠近。

「吉吉？你不認得我了嗎？」

我想蹲下牠卻更凶了。

「對了，你是在罵我不守信用沒帶罐罐給你對吧？」

我摸摸口袋，原本用來裝乾乾的密封袋也沒帶。

「欸，真對不起吉吉，我連乾乾也沒帶怎麼辦？我發誓下次我兩種都會帶給你。」

這時我發現吉吉的模樣有點怪，牠似乎變胖了，還變得……不對，吉吉現在根本就是一隻正在哺乳的母貓。

「啊！吉吉，我一直以為你是男生耶，原來你做了媽媽。」

牠身後的草叢有動靜，果然陸續跌出來三隻又奶又萌的幼貓，牠們分別是三花、橘橘還有一隻最像媽媽的奶牛貓。

我看到小貓知道不能碰，沾染到我的味道吉吉可能就會遺棄牠們。我想起剛剛經過的地方有紙箱，我連忙往回跑，當我再次回來時，吉吉和小貓們已經不在原處了，也沒再聽見小貓的叫聲。

我還是將紙箱側倒，盡量將它安置在有遮蔽的位置。

「恭喜你呀吉吉，你的小孩好可愛喔，將來一定要帶來找阿姨我喔。」

心情一下子變好，雖然想到媽媽時還是會有點小擔心，但總算不像剛剛那樣難過了。

我一面哼歌，一面跳著往池塘的方向走，遠遠看見有人正在脫鞋子，是要下水嗎？等我趕過去時他已經走到三分之一了。我看過這個池塘乾枯時的樣子，它是個圓錐形的池塘，也就是越往中間深度越深，我隨即大喊：「不要再過去了，那邊水很深！」

那人聽到我的叫聲有停下來，他回頭對我揮手然後繼續轉身向前，那是在跟我告別嗎？

我急得像熱鍋上的螞蟻，眼看他就要掉進深水區了，我趕緊對周遭大喊：「救命啊！附近有人嗎？救命啊！」

我將書包丟在旁邊，來不及脫外套跟鞋子就往水裡走，我想盡量靠近勸他不要做傻事，我一急腳步一個踉蹌就往前撲倒，水明明不深，但是我的身體忽然僵硬了，恐懼的感覺湧入心裡，我喝了幾口水之後更加害怕了，我的手本能地在水面拍動卻站不起來，好痛苦喔，我快不能呼吸了，在我昏迷前，我依稀看見救我的人，竟然是那個可疑的老人。

9 帶來幸福的大白鷺

我在醫院急診室醒來，媽媽哭過了，看起來哭得很慘。

我聽說人在面臨生死急迫的時刻，會像走馬燈一樣看見過往的人生，有些還會看見死去的親人或是神來接他們，但是這些我全沒看到。

媽媽的警察同學也坐在病床邊，我想坐起來卻覺得頭好痛，一陣暈眩後再度倒回枕頭上。媽媽看我醒來立刻抱住我。

我試了幾次才發出聲音。

「老爺爺呢？」

警察叔叔看了媽媽一眼，得到她的同意後對我問話。

「裘裘你記得事情發生的經過嗎？」

我點點頭。

「如果回想會讓你很痛苦，你隨時可以停下不說話，好嗎？」

我有點搞不清楚狀況，只好再次點點頭。

「你在公園喊救命是不是有人想傷害你？」

傷害我？我好像慢慢猜到警察為什麼會在這裡了。

警察叔叔等了一會又繼續問：「你放心，在附近運動的人聽到你的叫聲就趕過去，他們馬上抓住那個壞人，他沒辦法再傷害你了。」

果然是我猜想的，大人們都誤會了。

「不……他不是壞……」

「你說什麼？」

「那個老爺爺……我想……自己溺……」

「你說什麼？」

我用力清喉嚨，大喊：「是我自己溺水的！」

經過再三確認，警察叔叔先打電話去分局放人，在我的堅持下，只好也帶媽媽和我一起去。

當我們來到市中心的分局，那個老爺爺圍著好幾條毛巾坐在椅上和警察對話，他看見我也沒有激動，只是輕輕問我身體還好嗎？

我跟他鞠躬道歉。

「對不起，害您被誤會了。」

他揮揮手，笑說沒關係。

「但是您為什麼要往水裡去呢？」我想親自確認他的目的。

老爺爺似乎明白我的意思，他拿出手機，找出一段錄影給我看。那時他正在對著池塘錄影，忽然他將鏡頭拉近，在水中央好像有動物在掙扎，他再拉近鏡頭，雖然像素已經不夠、畫面開始模糊了，但已經能分辨是一隻鳥，牠好像被水下什麼東西纏住了動彈不得。

「所以您真的是要救鳥？」一旁的警察說。

老爺爺拍了一下膝蓋說：「是啊，我剛剛說了好多次你們都不信，想給你看錄影也不看。」

「對不起，是我多事了。」我再次深深鞠躬道歉。

「妹妹沒關係，我不怪你，任何人看見這樣也都會誤會的，你沒事就好。」

「您有救到那隻鳥嗎？」

老爺爺說：「牠自己脫困了，可能是看到我靠近，一緊張力氣也變大吧，也還好我因此回頭才看到你跌倒。」

「您可以將手機借我嗎？我想看看是什麼鳥。」

我伸手接過他遞過來的手機。

老爺爺忽然聲音顫抖。

「妹妹，你這支錶是誰給你的？」

我舉起左手的機械錶說：「這是我爸給我的。」

「不是這支，是另一支。」

「喔，這支喔，它是我爸修好後主人卻不要送給我的。」

老爺爺居然流淚了。

「她真的不要了嗎？」

我一時沒能明白他哀傷的原因，脫口說：「嗯，她說如果我不要丟掉也可以。」

他的情緒瞬間崩潰，我沒看過這麼老的人嚎啕大哭的樣子，那一刻，我好像明白了什麼，這支錶與他的連結如此深，或許他就是愛玲小姐的爸爸。

我靈機一動問：「請問您是不是很喜歡鳥？」

他沒聽見，我又再次大聲問：「您是不是很喜歡鳥？」

老爺爺才像小孩般哽咽回：「我和女兒都很喜歡。」

他的回答證實了我的猜測。

「您是不是有送女兒一隻大白鷺雕像？」

老爺爺忽然停止哭泣，淚眼汪汪看著我。

「我在您女兒的庭院看見過您送的大白鷺，它被保養得很好，應該是有經常擦拭保養的緣故。」

我接著對他說：「還有，您的女兒將錶交給我的時候有說過原因。」附近所有的人似乎都屏息等待我的答案。

「她說看到這支錶就會想到當時發生的事，讓她很痛苦，所以不想要了。」

我聽到許多人都嘆息了。

我接著說：「但是那座雕像是您送給她的結婚禮物，她想到的都是未來幸福美好的想像，所以她會好好珍惜它，也希望您好好照顧自己。」

剛說完，掌聲零星響起，接著情緒拓染開來，所有人都鼓掌，還有人歡呼，害我也感動得哭了。

我又笑又哭跟老爺爺說：「我看到的陳愛玲小姐非常非常的幸福。」

後來，我和媽媽跟著她同學一起坐警車回家，離開市中心後，媽媽抓住我的手說：「很開心這件事能夠在希望中收尾，但是裘裘，媽媽很擔心你說謊反而會給老人家錯誤的希望。」

我嚇了一跳。

媽媽繼續說：「你不知道吧，你從小只要說謊，就會不自覺中指與食指交叉。」

我趕緊跟媽媽說：「媽，我其實並沒有說太多謊。我因為喜歡鳥特別問了雕像，愛玲小姐喜歡它也是真的。」

媽媽點點頭。

「希望一切都能圓滿。」

我忽然想起一件事，用力拍了自己的大腿。

「媽怎麼辦？我順手將老爺爺的手機放進口袋了。」

10 灰面鵟鷹

我請警察叔叔幫忙歸還手機給老爺爺，但聽說過了好幾天才找到他，因為老爺爺的聯絡電話就是那支被我帶走的手機。

我特別請警察叔叔轉達，希望老爺爺去拿手機時能等我過去，但是因為一些因素，他拿了手機就離開，他有跟我約好在小鎮的站前廣場上見面，因為那裡人比較多。

到了約定的時間，我依約前往車站，路上遇見王秉鈞，我不知道是巧遇還是半途跟過來的，總之我不想和他這樣怪裡怪氣相處了，我對他招手。

「王秉鈞，我要去火車站找人，你要不要跟我一起去？」

我以為他會轉頭離開，沒想到他居然點頭說好。我們沒有一起走在路上過，加上都不說話，感覺有點怪。

我試著說點什麼：「王秉鈞我明年要去姊姊上過的A國中念書，你呢？」

他的表情有點奇怪：「為什麼不是B國中？我們都上一樣的小學啊？」

「我有問過媽媽，她說我家的戶籍剛好兩所國中都可以選，但是我去A國中就可以穿姊姊的舊制服。」

「喔。」

「喔？」

「嗯，喔。」

真受不了，真是像個小孩。

說到像小孩，我想起艾莉絲，我停下腳步四處張望。

「到了嗎？不是說到車站嗎？」

我搖頭甩掉心裡的想法，艾莉絲不可能這樣神出鬼沒啦，但是不知為什麼，沒看到她心裡又有點怪怪的。

來到車站，老爺爺已經坐在椅子上餵鴿子，他今天換穿全新的服裝，好像還修剪過頭髮，看上去精神奕奕，像是變了一個人似的。我想起媽媽的擔憂，這也是我來這裡的主要原因。

我先跟老爺爺介紹王秉鈞是我同班同學，然後跟王秉鈞說：「這位就是在公園救了我的老爺爺。」

「老爺爺謝謝您。」他跟老爺爺鞠躬道謝。

沒想到他還滿有禮貌的，只是，他為什麼要替我道謝啊？

老爺爺呵呵笑，看看我又看看王秉鈞。

我一時不知道怎麼開口，只好先從我們共同喜好的話題開始。

「我可以請教您為什麼喜歡鳥兒啊？」

老爺爺想了想才說：「開始是因為女兒喜歡，花了點時間去研究，後來就連自己也喜歡了。」

他好像在回想過去，停了一會兒繼續說：「以前我的工作要開一整天的車，經常塞在車陣裡，後來退休了，開始到處陪女兒賞鳥、找鳥，看牠們飛翔在高高的天空，心情變得很好。」

老爺爺忽然嘆氣說：「我是年紀很大才生了這個女兒，要不是因為我太貪心……」

他閉上眼睛好像又陷入回憶裡，我和王秉鈞都站著沒有打擾他，許久，老爺爺忽然驚醒張開眼睛。

「啊，抱歉啊，我剛剛不是睡著是在想事情。對了，妹妹你說要找我我就是要問為何喜歡看鳥嗎？」

我還是說不出口，看到他的手機靈機一動。

「我想看您上次在公園的錄影，我想知道那是什麼鳥？」

老爺爺點頭，他拿出手機找出那段影片，然後將手機遞給我。

我一邊看一邊問：「請問老爺爺是不是有去過溪邊的濕地附近？」

「嗯，去過幾次。」

「那您記不記得有遇過一個女生，您還問她有沒有看到一隻灰黑色的鳥。」

「咦？那個妹妹是你嗎？」

我微笑點頭說：「那時候很抱歉，因為老師說遇到陌生人要小心。」

「呵呵，沒關係，妹妹你很聰明，你是對的。」

我反覆看影片不再說話，然後我和王秉鈞同時喊出「灰面鵟鷹」，我好驚訝，忍不住問：「你為什麼知道？」

「這種東西看看書就知道了啊。」

真臭屁，什麼叫看看書就知道了，我可是花了許多時間觀察、記錄鳥類的特徵呢。

老爺爺說：「牠叫灰面鵟鷹嗎？那你們知道牠為什麼沒跟同類在一起呢？」

我正要講話，王秉鈞卻搶先開口：「照理說牠早應該要離開這裡，去到溫暖的南方才是啊。」

「那牠為什麼不離開呢？」

「有許多情況讓這些候鳥脫離遷徙的路線，例如天候或是受傷等因素，通常我們會叫牠迷鳥。」

「那牠是不是沒辦法回故鄉了？」

老爺爺和王秉鈞一問一答，我完全插不上嘴，現在王秉鈞忽然不說話了，感覺有點得意，但是他接著又說：「還好我們這裡的氣溫合適生存，食物也算充足，只要等到明年春分前後，誘導牠和回程的同伴一起伴飛，就能回去出生的地方了。」

這下子我對王秉鈞的知識完全改觀了，他就是那種超級會讀書的人，讓我感覺人生真的好不公平。當初我是一面觀察一面對照網路或是書本上的照片，才能逐漸辨認一些鳥類的。但是，他是什麼時候對鳥類充滿興趣的呢？

我將右手的石英錶拿下。

「老爺爺，這是您的錶。」

老爺爺接過手錶後卻閉上眼睛，他的手不停撫摸手錶光滑的鏡面、旋鈕的刻痕以及所有的接縫處。許久，他張開眼睛將錶遞給我。

「妹妹，我可以將它託付給你嗎？」

我不明白，但還是立刻接過手錶。

「這幾天我不斷回想我女兒說的話，剛剛拿到手錶的瞬間，我終於明白她的感受，我想起了許多事，那些都是帶給我與家人痛苦的事。」

老爺爺呼了一口氣說：「現在我也想放下了，剛剛我已經和它道別。」

他站起來伸懶腰啊了一聲。

「現在只要我女兒幸福就好，我要到處玩、賞鳥，坐別人駕駛的車旅行。」

我默默將錶戴回右手，那些原本要坦白的話看來是不用說了。

「對了，你父親還好嗎？」

我點點頭。爸爸在天堂一定很快樂。

「您認識我爸嗎？」

老爺爺點點頭。

「欸，說來有些羞赧。」

王秉鈞不知何時走開的，現在坐在好幾公尺外的椅子上，見我看他還揮手。

老爺爺說：「當時我剛回來這裡，只知道女兒可能經過的幾個地方，我每天在那些地點附近閒晃，希望能遇見她。」

他再次閉上眼睛回想。

「有一天我在你家鐘錶店的屋簷下，看到好多隻吊掛的鳥類工藝品。」

「那是我和爸爸一起做的風箏。」

「是風箏啊？難怪它們隨風飄起來有幾分像真的鳥。」

他的話讓我想起那些風箏，現在都收到哪裡去了呢？

老爺爺繼續說：「我站在對街欣賞，沒多久居然看到女兒走進店裡。」

我好訝異，原來我和老爺爺的緣分開始於那麼久以前。

「我等她離開後跑進店裡，沒想到你父親居然馬上認出我。」

「我爸是怎麼做到的？」

「是啊，我也是這麼問他，結果你爸說，我和她長得一模一樣啊！」

老爺爺抬頭看我。

「你和你爸也是長得一模一樣。」

我不由得摸摸自己的臉。

他深深嘆息：「女兒那時送修手錶應該對我還留有期望，而我卻辜負她了。」

我沒有問原因。至少他們都還活著，未來仍有原諒的可能。

老爺爺忽然說：「看到那隻鳥讓我想起過去的自己，我不忍心再看牠自我放逐，我想幫助牠，你和那個小朋友願意幫我嗎？」

我是很樂意幫忙啦，但是王秉鈞就不知道了。我招手要王秉鈞過來，沒想到他聽到老爺爺拜託的事馬上一口答應，我驚奇地看著王秉鈞，他卻好像不知道自己這麼做很怪，還擅自替我和老爺爺約下次碰面的時間。

他什麼時候變得這麼熱心了啊？

11 錯亂的時間

聽媽媽說，我剛出生的時候經常哭個不停，不管她怎麼安撫都沒有用，有一次爸爸拿了他的錶放在我耳朵旁，我立刻不哭了，還睜大眼睛看著他，從此那支錶就變成是我的，當我煩躁或是難過的時候，只要聽到它的聲音就會立刻安靜下來。我曾問過爸爸為什麼，他說：「裘裘，因為你是屬於時間的孩子啊。」

爸爸過世後，我們家人的時間全都錯亂了。

媽媽為了賺錢撫養我們，她開計程車早出晚歸，經常吃超商的冷飯糰填飽肚子，她的時間有時需要她快，有時家裡有事又會拖住她停止前進。

姊姊大我五歲，但是她從國中開始去外面打工，姊姊時常說，她要趕快獨立減輕媽媽的負擔。雖然她一心為我們家、為媽媽著想，但不知為什麼，她和媽媽相處時，總會說些違心的話。姊姊不時和媽媽吵架，誰也不讓誰。

我很想跟姊姊說，她的時間走得太快，我們家的狀況還可以過得去，只要我們互相幫助，等我再大一點，就可以跟她一樣去外面打工賺錢。

而阿嬷原本還能種菜去市場賣，最近幾年狀況突然惡化。一開始，她忘記剛剛才和客人收錢了，和常客吵翻。她忘記帶鑰匙，忘記怎麼回家，忘記許多事。有一次她跑去菜園做事，忘記在燒開水，差一點將房子燒掉。

她總說記憶大不如前了，那時最有空的我卻沒有發現阿嬷的問題，我常想，如果阿嬷很快接受醫生的治療，她現在是不是還能記得我們呢？

阿嬤的時間停了，她變成小女孩躲在小時候。

我發誓，我要想辦法幫她們將時間恢復正常。

我第一個要幫助的人是媽媽，我要弄清楚那天為什麼去銀行。

讓我沒想到的是，幾天後，和媽媽在咖啡廳說話的西裝男居然來家裡了。媽媽站在庭院外跟他談事情，我躲在窗簾後面偷聽，有幾句話因為媽媽激動而比較大聲被我聽見，我聽到她說了「他絕不是這樣的人」、「我絕不認輸」、「請你幫我」，那個西裝男看我們的房子，跟媽媽說了一些話，她馬上像鬥敗的公雞垂頭喪氣。

果然是和我們的房子有關，但應該不是像艾莉絲亂猜的那樣，我相信媽媽，她絕對不會做出傷害我們的事。

後來幾天，我利用下課時間去車站偷看媽媽排班，但是都沒再看到西裝男，沒想到又有人跑來家裡找媽媽。放學回家時，遠遠看到有人站在庭院圍牆外偷看我家，他只是靜靜站著，手上也沒有拿任何東西，於是我慢慢接近過去。那個人原來是上次在公園遇到的那個主任。

「喂！你在幹嘛！」

我沒有很大聲說話，他整個人像青蛙一樣跳起來，臉色比我們家的外牆還要白，眼鏡還摔到地上。

他戴眼鏡戴了幾次才扶正，看見是我露出勉強的笑容。

「嗨，裘裘。」

我伸出手。

「五百拿來。」

他愣了幾秒才反應過來。

「可是你中途就跑下來了啊。」

「你也沒說議員會拉我的手啊。」

他想了想拿出皮夾，他怕我看見裡面的錢，還特地轉過身，我還是看到皮夾裡沒有幾張鈔票，但這是我應該得到的酬勞，我一點愧疚也沒有，當然就收下了。

我收了錢就想進門。

「裘裘等一下，請問你媽媽在嗎？」

我看到他狼狽的樣子心有點軟。

「今天星期幾？」

他翻眼看天空嘴裡喃喃自語，最後還是慌亂地拿出手機看，還要扶正不停滑落的眼鏡。

「星期三，今天星期三。」

「那算你運氣好，今天晚上剛好是我媽的休息日，搞不好等一下就回來了。」

我說完話進門拿了一杯水到外面給他。

「喝點水，你的汗像下雨一樣，你會虛脫的。」

他好像真的很渴，連客套的話都來不及說，接過水杯就一飲而盡。

「還要嗎？」

他很快點頭又很快搖頭。

我接過空杯。

「你要找我媽什麼事？」

「這是大人的事，裘裘你還小，不用知道。」

我有些不開心回他說：「你確定以後都不用我幫忙？」

這句話明顯打動他，他實在太容易看穿了，如果讓他遇到艾莉絲肯定凶多吉少。

「好吧，你那天應該也有聽到議員的競選理念。」

我點頭鼓勵他繼續講，但那天我根本什麼都沒聽進去。

「議員一直想將本地打造成觀光熱點，你看我們有濕地、山林，還有那麼多野生動物，只要能將聯外的道路拓寬，讓遊覽車能開進來，肯定可以為大家帶來許多工作與賺錢的機會。」

「所以呢？我們家礙到議員的計畫了嗎？」

他用力拍額頭。

「沒錯，你真聰明。」

隨即又改口：「不算是妨礙啦，只是希望幫你們遷到其他地方住。」

「你上次來我們家也是說這件事吧？」

他點頭。

我明白上次艾莉絲說我要被賣掉是怎麼回事了，我拿出剛剛收到的五百元推到他身上。

「你走，你給我走，不要再來煩我們了！」

他雖然是成年男子，但是我的力氣也不小，他被我一直往後推。

「裘裘不要這樣啦，我們議員真的是為大家好，你們搬遷也會有各種補償的。」

「我們沒有窮到要賣房子，這裡是我爸爸為我們買下的家，誰都不能讓我們搬走！」

他被我推到巷口，腳步踉蹌差點摔倒。

「好好好，你不要激動了，我改天再來就是了。」

我撿起地上的石子作勢要丟。

「下次你敢來我就拿東西丟你。」

可能是真的被我嚇到了，他頭也沒回地逃跑了。

12 拯救迷鳥大作戰

我們和老爺爺還是約在站前廣場碰面，當我依約前往時，王秉鈞和老爺爺卻早已坐在椅子上聊得好開心的樣子，這和我印象中的王秉鈞不太一樣。

老爺爺說，他是觀察那隻灰面鵟鷹最久的人，他在一個多月前看見那隻鳥，因為牠太獨特了，孤立在其餘水鳥裡，像鶴獨立於雞群。他不只一次看到牠啄自己的羽毛，也常常看到牠低垂著脖子，就像我們人類垂頭喪氣的模樣。

牠明明比所有的水鳥高大，卻很容易驚嚇，時常被趕到離食物很遠的地方。老爺爺很擔心牠的狀況。

王秉鈞問：「牠最後出沒的地方是在公園水池嗎？」說話時還看了我一眼。

老爺爺想了一下說：「好像是，不過牠還常出現在濕地與水圳。」

王秉鈞忽然轉頭問我：「裘裘你有什麼想法嗎？」

我沒有預料到王秉鈞會在這個時候問我。之前，我還跟他們強調自己是多麼努力研究鳥類，但是現在腦袋空空，覺得自己很丟臉，只好想如果我是鳥的話，會面臨什麼問題。

「我們要不要先觀察牠有沒有吃東西，身上有沒有傷啊？」

老爺爺和王秉鈞同時點頭，讓我一下子又恢復滿滿的信心，擅自分配任務。

「那請老爺爺負責濕地，王秉鈞你負責水圳，我來負責公園。」

我看兩人都沒有意見繼續說：「我們都有手機，觀察的時候隨時錄影，用手機聯絡喔，誰先看到就通知其他人。」

就這樣，我命名為「拯救迷鳥大作戰」的任務就此展開，雖然名稱有點中二，但是也算夠氣勢，總之我們的目的是希望能在牠同伴北返前，恢復牠的信心，讓牠自然跟著同伴返回出生的地方。

我每天放學都會去負責的區域巡找，卻完全沒有那隻鳥的蹤跡。老爺爺和王秉鈞的區域也沒看到。也許，牠錯開我們到達的時間，也許，牠跑到別的地方去了。

吃晚飯的時候，我突然想到，會不會牠白天四處覓食，晚上才會回棲地休息。家裡雖然只有我跟阿嬤，我等到她睡著後才出門，又只是去公園確認一下就回來，應該沒有問題的。

我將門鎖好，姊姊今天是坐小熊的摩托車去打工，所以我可以騎她的自行車過去，我也好久沒有騎車了。

路上幾乎沒有看到其他人，我喜歡聽輪胎輾過道路時發出沙沙沙的聲音，騎得愈慢聲音愈好聽。我一直騎到鎮中心附近才看到汽車經過。我刻意避開車站附近，才不會被媽媽發現。

夜晚的公園好安靜，但其實有很多人坐在椅子上聊天，大家都壓低聲音說話，他們就像路標一樣，每隔差不多的距離就能聽到說話的聲音。

水池這邊更加安靜，蟲鳴蛙叫聲此起彼落。月光投影在平靜的水面，像一把彎彎的白色小梳子，我總是弄不懂這是算上弦月還是下弦月。

我沿著池邊慢慢騎一圈，除了幾隻水鴨躲在樹庇蔭的池邊休息，我還是沒看見那隻灰面鵟鷹，當我沿著原路要回去出口時，忽然就看見一隻中大型的鳥類棲息在矮樹上，牠的位置剛好被來時樹叢的角度遮蔽了。

我將車慢慢倒放在地上，當我要過去時牠竟然飛走了。我靠著聽到的聲音猜測牠大概的落點，我不敢使用手機的燈光，只能在幾乎接近黑暗的環境中尋找，至少，確定是牠就好。

我的膽子還沒有大到鑽進草叢，我站在柏油路的邊緣，試著低聲跟牠說話。

「嗨，你還記得我嗎？」

「我就是上次那個落水的傻瓜。」

「我很笨對不對。」

「像我這麼笨的人不會是壞人，對吧？」

我以為這樣牠至少會發出一點聲響，然而四周卻超級安靜，連剛剛聽到蛙叫蟲鳴聲都不見了。

「拜託你現身好嗎？」

「我只是想確定你有沒有受傷而已。」

「你有好好吃飯嗎？」

「對了，你有看到一隻黑貓嗎？牠是我的朋友喔，牠最近生了三隻好可愛的小貓，你就算肚子餓也不可以傷害牠們喔。」

大概是被我吵到不耐煩了，我終於聽到牠晃動樹葉的聲音，牠就在我左上方的樹上，銳利的眼珠微微發光。

我不敢有任何太大的動作，怕會嚇到牠。

「我現在要稍微靠過去一點點喔，我發誓只有一點點。」

我等了幾秒，慢慢一點一點往左邊移過去。

「哇，你聽得懂我的話啊，你好厲害喔。」

我想維持穩定的聲調繼續說些話讓牠習慣，爭取觀察牠的時間。

「對了，你有聽過一個古老的傳說嗎？」

「我爸說，我們這個世界的最初是一顆蛋，對，就和你們的蛋一樣。」

「你知道那顆蛋後來怎麼了嗎？」

「告訴你喔，後來那顆蛋裂開，跑出來光、聲音與時間。」

「你也看得到光，聽得到聲音對吧，但是你知道什麼是時間嗎？」

我慢慢將機械錶舉到胸前。

「那時，我爸說這就是時間的聲音，你想聽看看嗎？」

牠有反應了，我看見牠的頭往這邊偏，好像歪頭想聽清楚的樣子。

「是嗎？你想聽對不對，那你可不可以站出來一點點，讓我看一下你的樣子嘛。」

神奇事發生了，牠居然踏出一隻腳然後是另一隻，牠往前站了一步，剛好可以看到牠的全身，但是光線實在太暗，我只能盡量檢查看到的地方，最後發現在牠的脖子上卡了一圈塑膠水管差點叫出聲來，我還想再靠近點確認，不遠處傳來有人騎車接近的聲音，隨即有人大喊：「妹妹！你在哪裡？你沒事吧？」

我看向聲音的方向再回過頭，那隻鳥已經消失了。我沮喪地等待那個人過來，他看到我時表情很緊張：「你還好嗎？」

我點點頭。

原來是保全叔叔，他說自從上次有小女生在水塘發生意外後，就在公園加強巡邏，剛剛有人看到我一個人往黑暗裡騎去，擔心我發生危險。我跟保全叔叔道謝，他堅持要送我出公園。

回家路上，我想到終於有進度可以跟王秉鈞炫耀就很開心，只是，我還沒騎到家門前就感覺不對勁。我家的鐵門與內門都是打開的。

我站在門口喊：「阿嬤！阿嬤！你在裡面嗎？」

我喊了好幾聲都沒聽到她的回應，再也顧不得害怕，當我進去屋子，裡面一個人也沒有，也沒有翻亂的痕跡。阿嬤不在屋裡，她好像連鞋子也沒穿就跑出去了。

我趕緊往外跑，但是我站在門口卻不知道該往哪個方向找。我想打電話給媽媽她卻先來電。

「裘裘，你還好嗎？」

我忍不住哭了。

「媽，阿嬤不見了！」

「裘裘，裘裘，你先別哭，你冷靜聽我說，剛剛派出所打電話給我，阿嬤在他們那裡。」

「真的嗎？媽你沒騙我嗎？」

「裘裘你先進家裡……綠燈了，我掛電話了。」

忽然一陣暈眩，我的腿發軟，差一點跌坐到地上。

還好阿嬤沒事，真是太好了。

13 不會飛的鳥

昨晚，媽媽在醫院陪阿嬤沒回家，我也好想去看阿嬤，但是媽媽要我和姊姊鎖好門待在家裡。

我好擔心阿嬤喔。我整個上午都在看窗外，老師在臺上說什麼我幾乎沒有聽進去，佳萱以為我又開始盯著她，生氣地瞪我好幾次。欸，我有種什麼都不在意的感覺。

中午放學，她終於忍不住跑過來說：「上次跟你說得不夠清楚嗎？別以為你幫我隱瞞那件事就可以隨便看我！」

因為上次在育幼園的事，她開始會找我的麻煩，也都只是小麻煩，但是我沒有任何不開心的感覺。我忽然想抱住她，想告訴她，你現在還小，等你長大就知道這些事根本沒什麼。

不過我沒這麼做，我怕弄哭她。

雖然媽媽要我放學後直接回家，我還是決定去醫院看阿嬤。我已經做好讓媽媽捏臉蛋的覺悟了。

醫院在車站的正對面，僅僅相隔三條街的距離，這裡安靜很多，大門前的路樹上有兩隻五色鳥正在相互追逐、啁啾，陽光好溫暖，還有許多住院的病患也在庭園裡，他們或是一個人或是有人陪，每個人的臉上都帶著笑容。啊，真想留住這一刻。

尖銳的叫聲打破寧靜，有個女生叫喊：「我不要！我說我不要！」

許多人紛紛轉頭看，我跟著大家的目光看見那個坐在輪椅上的小女生，她似乎正在對旁邊的人生氣。我聽不見她們的對話，不過那個可能是姊姊的人，很有耐心地將蘋果切成一小塊一小塊讓小女生吃掉。

咦？那件棒球外套好眼熟啊。

我想靠近一點看。

「袞袞，你在幹嘛，怕被媽媽捏爆臉蛋嗎？」

姊姊從後面拍我肩膀，我跳起來。

「姊！你嚇到我了啦。」

我看她還穿著制服。

「你怎麼過來了？下午沒課嗎？」

她故作神祕，一根食指還在我眼前左搖右晃的。

「祕密，不能說。」

哼！翹課就翹課。

「吼！你不要這樣啦，我會跌倒啦。」姊姊勾住我的脖子往裡走。

再回頭時，已經看不到那對姊妹了。

院內人不多，我們很快就找到阿嬷的房間。病室裡很安靜，但是有點冷。

阿嬷的床位靠近窗戶，媽媽站在陽光前，我看不清她的表情，認命地走到她面前。

「媽，你隨便捏吧，我不會唉的。」

「你頭彎這麼低，我看不出你的誠意喔。」

「媽，對不起。」

媽媽卻忽然抱住我，就只是靜靜抱住我，她輕輕在我耳邊說：

「嚇壞了吧，昨晚有睡嗎？」

「媽，你是不是把所有的愛的都給她了？」姊姊吃醋了。

「媽！阿嬷醒了！」

我看到阿嬤的眼睛張開，但是她對我們的叫喚都沒有反應。

媽媽說：「阿嬤可能在想事情，我們不要吵她。」

姊姊問：「昨天晚上，阿嬤是在哪找到的？」

我不由低頭。

媽媽摸摸我的頭說：「有人在公車亭看見她沒穿鞋子，身上髒兮兮的，所以就跟警察報案。」

姊姊點點頭沒再說話。

忽然，我感覺手被握住。

「姊姊，你有看到我的裘裘嗎？」

是阿嬤抓住我的手。

她說的話讓我很迷惑，我跟她說：「阿嬤，我就是裘裘啊。」

她很認真凝視我，然後放開我的手，閉上眼睛又睡著了。

姊姊半認真開玩笑說：「欸，連阿嬤的愛也都給裘裘了。」

這時，媽媽的手機震動，她走到房門口接電話，回來時先看了我一眼，她招手要姊姊過去，媽媽很小聲對她說話，我只聽見「律師」兩個字。我想起咖啡廳裡的那個西裝男，他會不會就是律師呢？

媽媽離開後沒多久，姊姊立刻打電話給小熊。

「告訴你喔，我整個下午都有空，你在哪？」

她拿開話筒對我說：「我離開一下下，你一個人沒關係吧。」

我一點頭，她就邊講電話邊走出房間。

忽然間，病室裡安靜到只聽見冷氣出風口咻咻的聲音。

我趴在窗臺看藍天與白雲，幸運地看到一隻蒼鷹在巡視牠的領空，據說看到牠的人馬上許願就能願望成真呢。

一放鬆，我也有些累了。阿嬤在床上睡得好沉，我想去倒水喝，兩個轉彎後看到剛剛那個小女生，她坐在落地窗前的輪椅上。

我躡手躡腳往她走過去。

「你是怕嚇到我，還是想嚇我？」

我嚇了一跳。

「從玻璃反射早就看到你了！」

我站在旁邊問：「你在看什麼？」

小女生轉過頭說：「不關你的事！」

「啊，原來你在看五色鳥啊！」

我聽到她屏息的聲音，沒多久她忍不住問：「牠不是啄木鳥嗎？」

「你看見牠在啄樹幹對吧，沒錯，牠和啄木鳥的習性有些接近，不過牠的色彩鮮豔很多。」

她沒回答我，兩手緊緊抓住腿上的毛毯。

我繼續說：「牠在準備築巢，等到春天就可以看到小鳥寶寶了。」

「你講這個幹嘛，誰要你講的！」

我聽得出來，她的語氣並不是真的生氣，有時姊姊也是這樣和小熊講電話，於是我繼續說：「你知道世界上的鳥類有多少種嗎？」

說完後我才發現自己也不知道，不過她也沒回應我。

「有……很多很多種啦，有叫魚狗的翠鳥，因為牠很會捕魚。還有紅尾伯勞會將獵物掛在尖銳的樹枝上。軍艦鳥在求偶時會鼓起鮮紅色的胸膛，就像個大氣球，還有……還有……」

我劈哩啪啦說了一大堆，還提到公園裡的那隻灰面鵟鷹。

小女生看似沒興趣，但我知道她其實有聽進去我的話。

「你知道並不是所有的鳥都會飛喔。」

「你是說雞嗎？」她終於回答了。

我搖搖頭。

「不是喔，雞遇到危險時，也會飛很短的距離。」

「不然是什麼？」

我正準備回答，忽然有人叫我。

「裘曉莉，你在幹嘛！」

剛剛看到的果然是艾莉絲。她還是穿那件外套，還狠狠瞪我一眼。

她彎下身推輪椅。

「家安，我們該回病房了。」

小女生沒抗拒也沒說話，離開時她回頭了兩次，於是我輕輕喊：

「叫奇異鳥！那種不會飛的鳥叫做奇異鳥！牠還是紐西蘭非常珍貴的國鳥喔！」

14 恢復走動的時間

阿嬤睡了整個下午，病室好安靜，我煩躁的心也平靜下來了。到了傍晚，夕陽將天空染成一幅水彩畫，那是我永遠調不來出的迷人色澤。我在玻璃上呵氣，畫上灰面鵟鷹讓牠展翅高飛。

不知道牠過得好不好。我有用簡訊告訴王秉鈞昨晚觀察到的事，他很酷地回傳「我會想辦法」。

護理師姊姊有進來房間幫阿嬤量體溫與血壓，她說：「沒有別的病患要入住了，你們今天住的是頭等病房耶。」

真的！雖然這樣想有點不好，但是如果將門拉上就好像是在住旅館，爸爸過世後，我們就沒再去旅行了。

「袅袅。」

阿嬷醒了。好久沒聽她這麼叫我了，我握住她的手。

「阿嬷，你想喝水嗎？」

她搖搖頭說：「阿嬷好像做了很長的夢，現在睡醒了。」

阿嬷的眼睛澄澈透亮，我能看見自己在她眼瞳中的鏡像。

我有想哭的衝動，馬上過去抱住她。

「阿嬷，我好想你喔。」

「你想知道剛剛阿嬷夢見什麼嗎？」

我將臉埋在她的胸前鑽呀鑽。

她撫摸我的頭髮。

「阿嬷在夢裡看見你剛來我們家那天的事。」

「我是不是從蛋裡跑出來的啊？」說完，我忍不住噗哧笑出來。

在我很小的時候，曾經問過爸爸我是怎麼出生的，那時他就是這樣回答我的。

阿嬤摸摸我的頭繼續說：「你和媽媽要從醫院回家那天，我帶著姊姊在公車亭等你們。阿嬤記得那天飛來一隻鳥，牠動也不動站在旁邊看我們，趕也趕不走。」

「阿嬤，那隻鳥長怎樣啊？」

「牠全身紅通通的，眼睛特別大，但是肥肥胖胖的。」

我在腦中思考那是什麼鳥類，會是酒紅朱雀嗎？

「後來公車來了，爸爸抱著你和媽媽一起下車，那是阿嬤第一次看到你，你簡直就像那隻鳥一樣，臉紅通通的、胖胖的，睜著大大的眼睛看我。」

「阿嬤！你在騙我對不對。」

阿嬤閉上眼睛繼續說：「你三歲那年有一次發高燒，當時你爸媽都不在家，也沒公車了，阿嬤抱著你走了好遠的路，還好醫生說不是什麼厲害的病毒，讓你多喝水多睡覺就可以了。」

我抬頭看阿嬤的下巴，上面有一顆細小的痣，不從這個角度是看不到的。

「結果你的姊姊醒來沒看到我，就一直哭一直哭到我們回家。」

我更用力抱阿嬤。

「阿嬤，我超級超級想你的。」

「阿嬤也是喔。」

她接著問：「裘裘，關於爸爸的事你記得多少？」

阿嬤突然這麼問，我反而不知道該說什麼。

我開始將記憶中想到的畫面一個一個說出來，阿嬤很有耐心地聽我說。

我忽然想到：「阿嬤，爸爸是怎麼死的啊？」

「裘裘，阿嬤有點累了，你要不要上來跟阿嬤一起睡一下？」

我說好好，馬上脫掉鞋子靠在阿嬤身旁。

「裘裘，阿嬤想讓你知道，我們所有的人都很愛你。」

「我也是，阿嬤，我也要永遠永遠愛你喔。」

我跟阿嬤撒嬌。

「阿嬤，幫我摸頭頭。」

她的懷裡好溫暖，好像回到很久很久以前。我不知睡了多久，被媽媽搖醒時還迷迷糊糊不知道自己在哪。

「媽，你怎麼在哭？」

姊姊也在哭，為什麼要哭呢？

「媽，你先別哭，我跟你說，阿嬤剛剛跟我說了好多事喔。」

這時，醫生與護理師突然衝進病房，看到他們臉上的表情，我的心好痛，我不安地站在旁邊看醫生檢查阿嬤的眼睛、脈搏，當他跟媽媽搖頭時，我還不相信阿嬤已經離開。

「媽，你看阿嬤還在笑啊，」

我對醫生說：「醫生，剛剛阿嬤精神還很好，她只是睡著了，你再檢查一下。」

但是媽媽跟姊姊已經哭得淚流滿面，沒有人相信我。

我衝出房間，門口的人紛紛讓開。

我跑到天臺，一定要來得及。

我對著天空大喊。

「阿嬤！謝謝你做我的阿嬤！」

「阿嬤！謝謝你做我的阿嬤！」

「阿嬤！謝謝你做我的阿嬤！」

我喊了一次又一次。

「你還好嗎？」

我回頭看見艾莉絲。

「艾莉絲……我阿嬤走了。」

「我知道。」

「我說，我阿嬤走了。」

「我知道。」

我用力大吼：「我說！我阿嬤走了！」

艾莉絲突然抱住我，她好用力抱住我。

都怪她弄痛我的眼睛、鼻子了，我開始抽抽咽咽。

我想掙開她，艾莉絲說：「你不要動啦。」

當我發現她也在哭的時候，眼淚就像決堤的水，好像永遠也止不住了。

15 我們要沒有房子住了嗎

媽媽說，阿嬤是在睡夢中離開，她沒有感受到痛苦，我們要為她開心。我還是很難過，也慶幸阿嬤最後想起我們，這樣她才可以帶著回憶到天堂。

姊姊為了要搬去阿嬤房間又和媽媽吵架，我不明白姊姊為什麼要這麼做。她們在屋子的兩個角落冷戰，靜悄悄的讓人好不自在。

「媽，阿嬤的訃聞都有過世的日期，爸爸是哪一天過世的呢？」

我以為媽媽沒聽見，想走過去問，媽媽卻忽然答應姊姊搬房間，我轉頭問姊姊：「姊，你知道爸爸的忌日是哪天嗎？」

「你問媽啦。」

每當我問到爸爸過世的事，她們都不理我，只有一次媽媽說等我長大再說，現在我很確定她們隱瞞了什麼。

我曾經想過一些奇怪的理由，例如爸爸是間諜，國家不能承認的存在。或是爸爸還沒死，他因為某些理由必須離開家裡，有一天就會回來。還有過一些不好的聯想，被我刪除了。

碰！碰！碰！

外面有人用力敲門。

「素美！素美，你快出來看！」

素美是媽媽的名字，我距離玄關最近，我走出去開門。是隔壁的阿姨，她看見我馬上藏起手裡的傳單。

「裘裘，你不要出來，去叫你媽來，快點！」

媽媽隨後走出來，阿姨立刻拉她到外面講話，不時還看看站在門旁的我。

不遠處地上有傳單，看起來和阿姨手上那張有點像，我好奇走過去拿起來看。

「裘裘！不要看！」

阿姨搶走它之前，我已經看到上面有媽媽和另一個人男人吃飯的照片，下面還寫了很難聽的話。

媽媽跑過來抱住我。

「裘裘，這不是真的。」

「媽，照片上是誰？」

我相信媽媽。但這些是什麼？什麼人會做這麼惡劣的事？

「媽會處理這個，你不要管。」

「像爸爸的事一樣嗎？」

媽媽的身體僵了一下，我馬上就後悔了，我跟媽媽道歉說：「對不起，我不該說這種話的。」

「裘裘，你先進屋和姊姊一起，媽媽處理完事情就回家。」

我還想說些什麼減緩內心的不安，但是媽媽已經跳上車離開了。

姊姊從屋子裡衝出來。

「媽媽呢？」

「她去處理事情了。」

姊姊急得跺腳。

「姊，你有什麼事要找媽媽嗎？」

她拿出手機上的截圖給我看，差不多就是剛剛我看到的事。

「媽媽說那不是真的。」

「我知道，但是我們家的房子被掛上網路求售了。」

我不明白她的意思。

「我們有討論過要賣房子嗎？」

她氣到兩手拳頭握得緊緊的。

「算了，我要去問媽。」

說完，她也騎上腳踏車去追媽媽。

附近的鄰居都在議論紛紛，我忽然覺得他們看我的眼神充滿嫌惡。我轉身逃進家裡，我不知道該做什麼，只好躲進被窩，沒多久疲倦感襲來，我睡著了。

不知道睡了多久，我被媽媽和姊姊的吵架聲吵醒。

「我已經跟你說過，當時我是和好幾個司機一起吃飯，那是被惡意剪輯的照片。」

「我沒在問你這個，我是在問你為什麼要抵押房子？」

「這個事讓我處理就好，你不用擔心。」

「不用擔心？都被掛上網路賤售了！」

「那應該也是誤會，媽媽明天早上再去銀行確認。」

「所以你真的跟銀行抵押房子了嗎？」

媽媽沉默。

「那你為什麼需要錢？我打工的錢也都拿回家裡，我們家也用不了很多錢啊？」

媽媽還是沒回答姊姊。

「難道你還在跟保險公司打官司？你不是說只是和律師諮詢？」

這時媽媽嘆氣出聲。

我聽到媽媽走進房間，打開抽屜翻東西，然後走出房間。

「這是對保險公司申請訴訟與假扣押的核准書。」

姊姊的聲音有些遲疑。

「法院真的接受了嗎？但是媽，這好像只是收件收執聯耶。」

「不可能！這是律師給我的……」

「你有認真看過嗎？為何要假扣押？你該不會把錢給出去了吧？」

之後一陣沉默，媽媽來回翻看文件，我聽得出她愈來愈煩躁。

姊姊也逐漸冷靜了，她有些哀怨地說：「之前我就反對你打官司啊。」

我走出房間想問官司的事。

姊姊嘆息說：「爸爸已經死了，他是不是自殺會比我們活著的人還重要嗎？」

我好驚訝，問姊姊：「爸爸是自殺的？」

她看到我也好驚訝，但是很快下定決心的樣子。

「好吧，趁這個機會跟你說清楚……」

「裘曉琪！不准說！」

「裘裘已經夠大了。」

姊姊馬上轉頭看我。

「爸爸當初是……」

「不要說！」

啪！媽媽打姊姊巴掌。

「曉琪我不是有意的。」媽媽打了姊姊立刻後悔。

姊姊呆了一下怒吼：「我受夠了！只有她是你女兒要保護？你從沒問過我在外面發生過什麼？」

姊姊豁出去了。

「你不只不關心我，還以為我是隨便的人，我跟你說，我跟小熊只是朋友！」

她們從未吵得如此凶過，我想聽機械錶的聲音，但是它靜靜的，我查看它，秒針已經停止走動。因為阿嬤的事，我已經好幾天沒幫它上發條了。

我的頭好痛，我的心也好痛，眼淚一下子奪眶而出。

「怎麼辦？怎麼辦？」

媽媽問：「裘裘怎麼啦？」

「爸爸死了，這次爸爸真的死了。」

媽媽抱住我。

「裘裘別擔心，爸爸是去很好的地方。」

但是我的胸口愈來愈痛，我忍不住放聲大叫：「我不要！我不要爸爸死掉！」

姊姊很煩躁，她怒斥我：「裘曉莉，你不要再鬧了，很煩！」

我沒辦法制止自己大叫：「我不要！我不要爸爸死掉！」

「你在扮演什麼受害者啊？告訴你，爸爸是被你害死的！」

媽媽忽然站起身。

「你打啊？」姊姊怒視媽媽。

媽媽舉起的手頹然放下。

姊姊忽然轉向我說：「要不是你吵著要去池塘，爸爸也不會死在那裡，都是你害的！」

她打了我，表情猙獰。

她不是我姊姊，姊姊不會這樣。

我的臉不痛，相較於我的心，我的臉一點也不痛。

我衝出去，只想離開這裡。

16 走慢的時間

「你果然躲在這裡。」

媽媽找到我了。

玩捉迷藏的時候，我總是躲在這裡。好幾次玩伴都回家了，而我仍縮坐在裡面，天黑了，媽媽找到我的時候笑著說：「你是傻瓜嗎？大家都知道你只會躲在這裡呀。」

我不知道，我來這裡是希望被媽媽找到嗎？

她將頭探進來說：「我可以進去嗎？」

我搖搖頭。

「欸呦，這裡是不是縮水了，怎麼感覺鑽不進去。」

我躲在公園溜滑梯管道轉彎處，媽媽花了一點時間才爬進來。

我們靠在一起，都沒有說話。

我的心情很哀傷，怕說話會讓哀傷跑掉。我不能不難過，我將所有難過事想一遍，再想一遍，但是肚子突然怪怪的。

噗！我忍不住放屁。

「好臭！」媽媽掩住鼻子。

喔，好討厭喔，為什麼要在這個時候像小孩一樣。我討厭自己有想笑出來的衝動。

「有好一點了嗎？」

我還是搖頭。

媽媽忽然用力抱住我，我趕緊用手隔住她的臉。

「媽不要親啦，我不是小孩了！」

「有好一點了嗎？」

我只好點點頭。

過了一會兒，我鼓起勇氣問：「可以告訴我當時的事嗎？」

「裘裘啊，姊姊是氣話……」

「媽，告訴我，拜託。」

她深深吐了口氣。

「爸爸死……找到的時候，你被發現睡在他的身上。」

「在池塘邊嗎？」

媽媽點點頭。

「警察是說他當時氣喘發作，但是爸爸的吸入器就在他身上，加上當時我們經濟上有點困難，但是你爸絕對不是這種人。」

「有可能是我跌進去池塘，爸爸為了救我才……」

「不會的，爸爸真的不是你害的！」

「但是姊姊說……」

「你當時只有褲子濕掉，上半身是乾的，所以不是去救你的。」

我稍稍安心，忽然間，有個模糊畫面閃過，我好像看到什麼。

媽媽繼續說：「欸，意外發生後你高燒了好幾天昏迷不醒，我們以為也會失去你，但是你醒來後卻不記得發生什麼事，我們很怕你有天想起會和當時一樣，媽媽原本想保護你，沒想到反而困住你，讓你陷在過去。」

畫面愈來愈清楚，我看見自己在池塘中溺水，爸爸游過去救我。

「媽，我好像想起來了，爸爸真的是為了救我的。」

「不會的，媽媽剛剛有說你身上是乾的。」

「可是……」

「媽媽認為是意外。好了，這不是你的錯。」

我清楚地看見真相，我相信我看見的。過往那些我曾有過的猜想、害怕與哀傷，在我知道真相的那一刻消失了。原來都是我的錯。

我跟媽媽說我沒事了，我們回家吧。

姊姊在我進門後衝過來抱住我，她哭了，但是我沒有，我安慰姊姊說我沒事。

我知道自己改變了。

媽媽說，姊姊很後悔打我，她很擔心我，說我變了一個人。

我決心不再增加家人的負擔，我不再挑食、不再賴床，試著幫忙家事，雖然都只是小事，但我要盡我所能。

我將爸爸的機械錶仔細擦拭，我不再替它上發條，我將它收進爸爸的箱子裡。

我請求媽媽給我她的項鍊，我一直知道在那裡面有一小張爸爸的照片。我將墜盒握在手裡禱念：爸爸，對不起，真的好對不起，請原諒我這麼晚才跟你道歉。

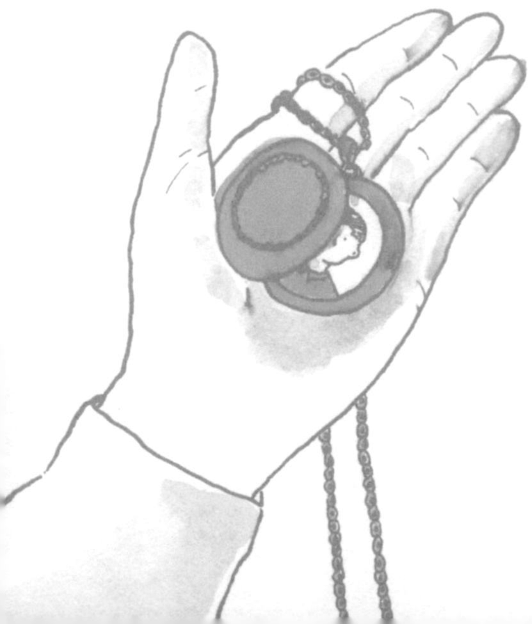

家裡變得更好了，姊姊和媽媽不再吵架，果然只要我變好，大家都會幸福的。

我還要變得更好。

喪假結束那天，我趁佳萱躺在保健室睡覺時替她戴上石英錶，她馬上驚醒想脫下來，我握住她說：「你說得對，我不想再假裝了，我看到你都會莫名感到難過，我希望你告訴我這是錯的。」

「你在同情我？」她說。

我點點頭。

她愣了幾秒，指我的手腕說：「你那支很珍惜的錶呢？」

原來她也一直在注意我。

我回她說：「我已經不需要了。」

回到教室後，王秉鈞走向我們。

「咦？你們剛打一架回來？」

我拉起佳萱的手說：「是啊，我贏了喔。」

「你才沒有。」佳萱回握我的手。

玉蕙好驚訝。

「裘曉莉你不怕被傳染病毒嗎？她都……」

我打斷她要說的話。

「她是我朋友，不准你說她壞話。」

然後我用握過佳萱的手抓她的手。

「你看，什麼事都沒發生。」

玉蕙開始尖叫想甩開我的手。

佳萱笑了，她笑到彎腰蹲到地上，抖動的背影和艾莉絲一模一樣。

17 缺席的父親

經過幾天的沉澱，媽媽說她決定將所有的事跟我們說清楚。

她要我們坐在一起，沉重地跟我們說，她遇到詐騙了，媽媽信任那個自稱律師的人，將所有的文件、證件與印鑑都交給他處理，所以將來我們如果還不出錢，房子將會面臨法拍。

我並沒有想像裡那樣難過或是害怕，從姊姊的表情我覺得她已經預料到了。媽媽要我們不用擔心，她不會讓我們無處可去，她想了很久，除了報警，她決定去找朱議員幫忙。

我跟媽媽說：「媽，這不是你一個人的事，我要和你一起去。」

姊姊立刻贊同：「我們要一起去，我們不是你的累贅，我們是你的後盾。」

我沒預料到，媽媽忽然哭了，這反而讓我很緊張，她哭得好慘。

我不想哭的，但是姊姊一哭，我也哭了。

第二天，我們立刻跑去議員的服務處，我很訝異地發現，它竟然就在租書店附近，更讓我沒想到的是，服務處的陳主任，居然就是當時帶頭臨檢租書店的人。

我好奇問他說：「怎麼沒看到另一個戴眼鏡的主任？」

陳主任面無表情地回答我：「他是負責競選工作的。」

我點點頭，看起來陳主任才是議員更信任的人。

他和議員通電話說明我們的來意後說：「議員馬上過來，請到辦公室稍等。」

等待時，我在辦公室走動參觀，看到一張許多人的合照，我忍不住喊叫出聲：「媽，你快來看，爸爸也在裡面！」

媽媽點點頭說：「他們是大學同學。」

姊姊開心地說：「真的嗎？那議員應該會幫我們。」

她沒看見媽媽依舊不安的神情。

議員的車終於到了，他進來時門口一陣騷動，議員放大嗓門說：

「你給我乖乖待著，我等一下再處理你。」

「沒啊，要是大家知道你歧視發面紙的人還會投給你嗎？」

聲音是艾莉絲，我從百葉窗縫隙偷看，真的是她。

「發面紙？發面紙有必要穿成這樣嗎？」

「沒啊，我穿這樣怎麼了？比那些陪你喝酒的女人端莊多了。」

「我是應酬不得已！」

議員看艾莉絲做鬼臉，氣到臉色脹紅說不下去。

陳主任打斷他們。

「議員，人已經在辦公室等你了。」

議員吐了一口氣鬆開領結，他對著艾莉絲說：「朱家芸，你若要逃跑別怪我打斷你的腿。」

艾莉絲還是一副不肯認輸的樣子。

議員走過來，我和姊姊趕緊回座位。

他不愧是上過電視的人，即使知道我們聽見外面的談話，也能換個表情跟我們客套問候。

「欸抱歉抱歉，久等了。」

他一口喝掉杯子裡的水。

「嫂子，我們有幾年沒見過面了？三年？五年？」

媽媽則說：「議員，我今天不是來敘舊的。」

她直接切入主題。

「我們家房子的位置剛好位在你未來計畫中的關鍵位置，但是現在出了點問題，希望你可以幫我。」

這時，陳主任貼在他耳邊說了一些話，議員聽完後說：「原來是這樣啊，但是這就不好辦了。」

議員說這些話的時候，臉上還掛著相同的笑容。

但是他馬上又說：「沒問題，交給我處理，嫂子的事就是我的事。」

媽媽將跟我們說的事再跟議員說一次，我想沒那麼快結束，就跟姊姊說：「我想上廁所。」

議員馬上轉頭對我說：「你是小的叫曉莉對吧？長得好漂亮了，看起來比較像爸爸喔。」

我禮貌性鞠躬，看見媽媽放在桌面下的手握拳用力到泛白無血色。

我抬頭看媽媽，她說：「你去上廁所沒關係。」

我本來還有點不安，在廁所看見艾莉絲時就完全忘記了。

「嗨！艾莉絲。」

她嚇一跳。

「沒啊，你在這幹嘛？」

她轉身時忘記手上拿著瓶子，裡頭的黑色液體往我飛濺過來，距離太近我根本沒辦法躲。

「啊啊啊，你這是什麼啦？」

我一邊脫項鍊一邊拿衛生紙沾水擦拭。

「抱歉抱歉，我本來要倒在臉盆的。咦？新項鍊耶，還有照片，這是你爸嗎？」

我沒空理她，只有嗯了一聲。

她忽然不說話，我忙著清理上衣的機油，沒想到她突然大聲尖叫，下一秒就往外面衝出去。

我嚇一跳。

「艾莉絲你幹什麼？你幹嘛拿我的項鍊！」

我追出去，陳主任也從辦公室跑出來，他看著我，我下意識指著樓梯，那是艾莉絲消失的方向，陳主任立刻追過去。

這時我才感到事情不對勁，艾莉絲的表情我曾在一隻流浪狗臉上看過，當時那隻狗被其他狗攻擊，牠渾身都在流血，但是其他狗仍不放過。那是絕望的表情。

我想追過去，議員卻早一步經過我，他雖然很胖，跑得也很喘，但是速度幾乎沒有減慢。到達天臺前，我有預感事情會很糟糕，但我完全沒想到，艾莉絲人已經坐在女兒牆上，只要一不小心就會往下掉，這裡是五樓頂，我不敢想像後果會如何。

艾莉絲對著陳主任哭喊：「不要過來！你再過來我就跳下去！」

他立刻停止前進。

議員舉起雙手安撫艾莉絲。

「家芸，是爸爸錯了，你先下來，你想做什麼我都讓你做！」

艾莉絲不停哭泣，身體也不停晃動。

「我沒辦法了，我再也不想這樣下去了。」

「沒辦法怎麼了，來，你跟爸爸說看看，我一定有辦法幫你。」

「當初我要說出來，你說那會影響我的前途，你知道這些年我有多痛苦嗎？」

她捲起袖子露出密密麻麻的傷疤，數量比我之前看到的還要多很多，其中還有未癒合的鮮紅色割痕。

媽媽和姊姊也上來了，艾莉絲看見她們轉頭就要往下跳，情急之下我大喊：「你在幹嘛！」

她愣了一下，我本來以為她還會往下跳。

「裘裘，我對不起你們，你爸為了救我，是我害死你爸爸的，對不起！」

我不明白她在說什麼。

「我爸跟你有什麼關係？你確定是我爸嗎？」

她指著項鍊上的照片說：「我時常在夢裡看見你爸爸的臉。」

她說完立刻閉上眼睛。

我不知哪來的勇氣，我大喊：「我不准你再讓我爸爸死一次！」

我看她似乎愣住了，趕緊衝過去拉住她。

「我說！不准你再讓我爸爸死一次！」

艾莉絲眼神空洞，好像聽不懂我的話。

「如果你的命真的是我爸救的，你現在跳下去，我爸的犧牲就白費了。」

我緊緊抓住她，看著她的眼睛說：「不要死，我爸不會希望這樣的。還有，你妹妹怎麼辦？」

艾莉絲忽然像消氣的人偶頹倒在我身上。

陳主任馬上將她抱下來，我的腿一軟，也跌坐在地上。

18 再見，是一種祝福

艾莉絲說出了一切。她還原了我記憶佚失、錯亂的部分，我慢慢想起事發的經過，拼湊出真相。

那天，她在池塘遇見我，我們一起玩。

我們愈玩離爸爸愈遠，後來，她爬到樹上，說要摘上面的花，沒想到她沒站穩直接掉進池塘裡。

我看到她在池塘裡掙扎，大聲呼喊爸爸過來救命。

爸爸跑過來時已經氣喘發作，但是他看見艾莉絲還是決定先下水救她。

我站在池邊緊張地看爸爸救人。我之所以誤以為是自己溺水，醫生說是大腦面對創傷的認知障礙，若不能排除，它將會影響我一生。

艾莉絲說，爸爸救她上岸後倒在地上一動也不動，也沒了呼吸。爸爸拚盡了最後一絲氣力。

她看到我也昏倒在爸爸身上，趕快跑回停車處跟議員說，沒想到他不但沒報警，還假裝沒聽見就將車子開走了。

議員跪在地上。

「嫂子，我當時真的不知道是大哥，如果我知道……」

媽媽退開不讓他跪拜。

「你對任何人都不該這樣做！」

我走過去輕輕地抱住艾莉絲，我跟她說：「謝謝你告訴我一切。」

後來，議員退選離開政壇，艾莉絲也跟著不見了。

我不知道媽媽怎麼解決詐騙的事，但她和姊姊都沒再提起那件事了。

媽媽為我請了長假，再去到學校已經是一週以後。

玉蕙還是老樣子，逢人就說我是被佳萱傳染了才生病不來學校，但是看我接近又趕快跑開。

我不在的這段時間，陳老爺爺和王秉鈞、佳萱為那隻迷鳥做了很多努力。我很訝異佳萱也加入了。

老爺爺最辛苦了，他整天都守在公園等待，除了晚上回去睡覺外，他連吃飯、上廁所都在公園裡解決。

他拍下那隻鳥清楚的影像，王秉鈞拿回家用電腦做影像處理，讓它更清晰，也擷取關鍵部分作為判讀使用。老爺爺將處理後的影像拿去給獸醫師看過，當初我以為套在脖子的水管其實是陰影造成視覺上的錯看，牠的脖子上有羽虱或是寄生蟲造成羽毛脫落、皮膚發炎腫大，再加上牠的進食狀況不佳，身體的抵抗力下降，反覆感染、發炎。醫生判斷，如果再不治療，牠可能撐不過將要到來的霸王寒流。

我聽完佳萱記錄的過程，嘴巴驚訝得合不起來。

「天啊，那時牠一定很痛苦了，我完全幫不了牠。」

我轉頭問王秉鈞：「有什麼我能做的呢？」

他想了一下說：「目前我和老先生還在申請計畫核可，等我們要誘捕那隻鳥，到時候你一起來就好。」

我不解問：「為什麼還要申請核可？」

「因為法規上牠屬於第二級珍貴稀有保育類，擅自抓捕即使是出於善意也可能會觸法。」

王秉鈞又說：「現在我們以野鳥救傷的名義申請，加上影像佐證，應該可以很快申請下來的。」

他說得頭頭是道，一副臭屁樣，我忍不住虧：「你去做律師好了，以後賺錢給我花。」

說完我才感覺怪怪的，一旁的佳萱又笑到彎下腰了。

幾天後，我再次遇到艾莉絲，她說是來告別的，雖然一開始有點尷尬，我們一句話都說不出來。她陪我們一起走去公園，路上突然話匣子打開，我將所有想得到的話通通說出來，艾莉絲也是，一旁安靜許久的佳萱忽然插話：「你們是怕將來見不到面了嗎？」

王秉鈞說：「你們自己沒發現嗎？一個說話動不動就是『沒啊』，另一個也老愛說『我發誓』，超級像情侶吵架一樣，一個統統否認，另一個拚命承諾。」

艾莉絲嘴裡的「沒」剛說出口馬上閉嘴，我看到她眼珠轉動就知道她要反擊了，但是她卻是對著我說：「你自己沒發現嗎？王秉鈞喜歡你。」

「艾莉絲，你別亂說啦，他才沒有。」

王秉鈞卻轉頭不看我。

佳萱忽然彎腰蹲在地上，我不知道她為什麼笑到全身抖動，我正想問，她又站起來用手指著我們三個人說：「你們自己沒發現嗎？你們就像電視裡的三角戀，裘裘你是那顆被搶來搶去的球。」

吼，愈說愈奇怪了啦，本來想和艾莉絲有個感性的道別。

我從背後摟住艾莉絲說：「艾莉絲喜歡我很好啊。」

「裘裘你在幹嘛啦，快點放開我！」

我才不要呢，我在心裡說：艾莉絲，希望你也能原諒自己。

我和艾莉絲相互揮手準備道別，公園裡傳來激烈的狗吠聲，沒多久有個黑影迅速衝過來，隨後也跑過七、八隻野狗在後狂追。

我認出被追趕的是吉吉，立刻追過去。

吉吉已經被逼到垃圾桶前，那些野狗發狂地露出尖銳的牙齒，隨時會一起撲上去。

我脫掉鞋子用力丟過去，沒丟中，我趕快再脫掉另一隻鞋大喊：「走開！你們走開！」

野狗終於將注意力放在我身上，吉吉趁機逃走。我將手上的鞋子丟向牠們，還是沒丟中。牠們好生氣，開始衝過來。

「裘曉莉！你在幹嘛！」

王秉鈞他們輪流撿起石頭丟狗，我聽見好幾聲狗的哀號，第一隻逃跑後，其他的狗也跟在後面跑走。

我現在才感覺到害怕，腿一軟就坐在地上。

佳萱過來攙扶我，她說：「明明那麼弱的人為什麼老愛出頭。」

我還是說不出話。

吉吉從草叢出來，牠身上有好幾處傷口深到可以看到骨頭，肚子上的大洞更是不停流出血來。

「吉吉，你怎麼變成這樣了？」

我們女生都尖叫出聲。我想馬上抱起牠，王秉鈞卻阻止我。

「你走開啦，吉吉快死了。」

王秉鈞仍抓住我不放。

「這隻貓好像要跟我們跟牠走。」

吉吉搖搖晃晃的身體隨時要倒下，但是牠好像真的要帶我們去一個地方。

我流著淚跟在牠後面，吉吉倒下又爬起來好幾次，最後牠終於放盡氣力，趴倒在上次我遇到牠的地方。

我跪倒在牠身旁不知所措。

「吉吉，對不起，我總是發誓要帶罐罐給你，結果我卻忘光光了。」

王秉鈞忽然叫喝：「你們先不要哭，安靜一下。」

大家都安靜下來後，我聽見附近的草叢有細微的幼貓叫聲，沒多久搖搖晃晃跌出那隻奶牛貓，幼貓不停用前腳推踏吉吉的身體，我趕緊抱起牠。

我撫摸吉吉，為牠闔上眼睛。

「吉吉你放心，這次我不會再辜負你了。」

19 再見了，迷鳥

幾天後，誘捕申請終於核可，我們想趕在寒流來臨前將迷鳥安置、治療。

老先生請來野鳥救援協會的人幫忙，他們是專業有經驗的救援者，我們什麼都幫不上忙，只能站在一旁看，但就算只是這樣，我們都不想離開。

我看著王秉鈞與佳萱，又想起艾莉絲。

一開始她在我心中的形象是一隻布穀鳥，奸詐又狡猾的鳥，後來我才發現她其實更像企鵝，看似厚實強壯，遇到掠食者卻沒有招架的能力。

王秉鈞很聰明、又酷，是我見過最聰明的人，他就像渡鴉，隨時站在高處觀察一切。

佳萱呢？佳萱也很酷，她和王秉鈞還是不同，她更像孤傲的蒼鷺，飛翔在廣大的天空，不怕寂寞。

我趁著和佳萱獨處時問：「你會想知道自己的父母在哪嗎？」

佳萱回答說：「會。」

我原以為她會說更多的話，但是她沒有。

不遠處傳來青蛙的叫聲。

我說：「春天快來了。」

「裘裘。」

我轉頭回應佳萱。

「嗯，怎麼了？」

「你還記得那天在育幼院外跟我說的話嗎？」

我不知道她說的是哪句話。

「你說你也相信神不在這裡。」

我點點頭。

「我其實相信神是存在的。」

她的話讓我很吃驚。

佳萱又說：「但是神可能只是一陣風、一場雨或是一隻鳥。」

我靜靜思考她的話。

接下來，我和她都沒再說話。

天色慢慢黯淡下來，仍不見迷鳥的蹤跡。之前，我們確定那隻灰面鵟鷹是降落在公園池塘的方向。

野鳥救援的大姊姊說，如果牠再不出現，就要明天再試了。

但是寒流今晚就會來，我和王秉鈞都不想這麼快放棄，我們請求找看看的機會。

我們幾個約定將手機的視訊打開，第一個看見的人不要說話，就只要將鏡頭對準迷鳥拍攝就好。

我們來回找尋了快一個小時，眼看天要完全黑了，今晚的天空烏雲密布，也不會有月光，我不想回應王秉鈞呼叫我撤退的喊話，我要到那天晚上看見牠的地方再試一次。

當我走到那個地方時，就感應到牠了。

四周的雜音同時靜止。

「嗨，我知道你在這裡。」

「也知道你在看我。」

「裘裘！你看到誰了啊？」手機傳來佳萱的聲音。

「噓，先不要說話。」是王秉鈞。

我深呼吸，再慢慢將氣吐出。

「你知道一隻叫吉爾斯的鳥嗎？」

「跟你說，牠跟我一樣笨喔。」

我東張西望，沒看見牠。

「我和牠常常在追尋不存在的事物。」

我繼續說：「但是呢，你知道嗎？」

「我們其實都知道的，我和吉爾斯都知道那些是不存在的事物。」

「而且，我們都很快樂喔。」

我聽到牠擾動樹叢的聲音。

我一直盯著發出聲音的地方。

「你知道嗎？我很羨慕你可以自由飛翔。」

「你還記得那種感覺嗎？」

牠終於露出頭，接著是踏出一隻腳，然後是另一隻。牠棲身在上方的樹枝上看著我。

我將手機對著牠，聽到有人低聲驚呼。

「讓我們幫助你好嗎？」

「你一定可以再次盡情翱翔的。」

要經過一段時間的留置與觀察，將迷鳥野放的那天，我們都要上課沒辦法到現場，但是協會的哥哥、姊姊替我們用手機直播所有的過程。

我忍不住在導師的數學課打開手機，不小心忘記關掉聲音，一旁的王秉鈞脫口罵我是笨蛋。

佳萱是第一個衝過來的人，王秉鈞嘆了一口氣也靠過來看，當小美驚呼好漂亮的大鳥喔，霎時，所有的同學都往這邊擠。導師好像完全沒想到會這樣，呆立在講臺一句話也沒說。

佳萱跟王秉鈞只好拿出手機直播，我看見玉蕙忘情地偎著佳萱看直播。

當倒數開始，我們所有的人也跟著倒數。

五、四、三、二、一。

再見了，灰面鵟鷹，你一定要幸福喔。

20 天國飛鳥

上了國中後，課業變得好重，每天都有寫不完的作業，每天也有考不完的考試，總之，一言難盡啦。

艾莉絲終於原諒自己了，她因為爸爸的事，有許多年沒去學校上課。後來，聽說她通過了同等學歷認證，取得國中畢業資格，好像考上不錯的高中。

佳萱和我還有聯絡，她決定去報考護校，她開玩笑說，是為了向保健室老師贖罪。

我拚命念書，決心考上我們排名最好的II市立高中，放榜那天，我在庭院吃西瓜、吐籽，姊姊突然拿我的手機衝出來。

「我們家最笨的人居然考上市立高中了！」

我拿著手機抖到不行，根本看不清楚簡訊的內容，好不容易看見關鍵字「H市立高中」時，卻突然有陣冷水從頭潑下來，姊姊居然拿水管放水噴我。

「裘曉琪！你幹嘛啦，我的手機會壞掉啦！」

「那個那麼舊了，我買個新的給你。」

那天我們玩得很瘋，我們相互爭奪水管控制權，相互噴水。

終於，我美好的夏天來了。

入學的第一天，我穿上好不習慣的裙子，總覺得它好短，姊姊又虧我，她說再過不久，我就會拿剪刀將裙子修得更短。

不過最讓我驚訝的是，王秉鈞居然和我同一班，我們三年沒見了，我差點認不出他，王秉鈞一開始還假裝沒看到我。

哼，和以前一樣難搞，以為長得比我高就了不起嗎？

社團活動時，我們不約而同選擇「飛鳥觀察社」，我和他爭先恐後看誰先報到名，大概是我們太吵了，社團裡的學姊在裡面喊：「沒啊，別人還以為我們是多熱門的社。」

我們的社長居然是艾莉絲，我看到她捉弄的眼神已經來不及了，她勾住我的脖子說：「我的五百元呢？」

我的腦袋一片空白，後來才想起來當初那四百六還沒還她。

艾莉絲掐著指頭算：「現在加利息不止五百了，我算一下……你還我五千就好。」

我忍不住脫口說：「你黑店喔。」

艾莉絲站在我們中間擠開王秉鈞。

「這樣好了，你請我看場電影再吃頓飯就當還清了！」

我馬上想起當時在租書店的情景。

艾莉絲指著王秉鈞說：「你女朋友借我一下嘿。」

我和王秉鈞同時回答。

我說：「我才不是。」

他居然說：「好。」

王秉鈞居然懂得開玩笑，他真是瘋了，愈來愈皮了。

後來我才知道艾莉絲是刻意帶我去看電影的，我們在販賣部看見租書店老闆，他一看到我就說：「是你吧，你是裘裘吧？」

我說是，問他好不好。

老闆很興奮，他說：「先別說這個了，你記得當初在找《天國飛鳥》第二集嗎？」

我點點頭。

老闆又說：「我找到了，你知道是在哪找到的嗎？」

我茫然地搖頭。

「它就被我壓在收銀機下面，開業第一天因為不平衡就拿它來墊平。」

「所以它一直都在店裡？」

「對啊，你要不要看？我放在家裡改天拿到這裡給你。」

我想了想說：「不用了，我已經找到我要的答案了。」

老闆好失望的表情。

我安慰他：「老闆真的很謝謝你，縱容我隨便看你的漫畫。」

我想到一直想問的問題。

「老闆，你是材料行老奶奶的兒子嗎？」

沒想到他的臉更垮了，他說：「我看起來有這麼老嗎？我是她孫子啦。」

媽媽決定不開計程車了，她在法律事務所找到一份助理的工作。

她發現自己在這方面好像滿有興趣的。

姊姊高中畢業就和小熊結婚，他變成我的姊夫。

他們生了一對好可愛的雙胞胎姊妹，每次看到我就牙牙學語說：

「姨姨，抱抱。」

今天姊姊和姊夫又將她們丟給我們跑去約會了，我一次只能抱一個，另一個就會不斷招手要我抱，像極了雛鳥張嘴向親鳥要食物的模樣，於是我乾脆坐到床上一手一個摟在身邊。

吉吉的小孩牛奶糖也跳到我們身邊躺下，一隻貓兩隻雛鳥，全都安安靜靜等我講故事，讓我想想今天要說什麼故事。

我用神祕的語調開始說：「很久很久之前，我們的世界是一顆蛋，有一天蛋裂開了，從裡面跑出光、聲音與時間……」

有隻小雛鳥問：「姨姨，時間是什麼？」

我舉起左手的機械錶靠近她的耳朵。

「聽，這就是時間的聲音。」

是的，我又拿出爸爸的機械錶了，每天擦拭它，為它上發條。

爸爸，阿嬤，我很好，我們都很好，你們好嗎？我好想你們喔。

「姨姨，我也要聽！」

「姨姨，不要拿走啦！」

好了，先不說了，現在我要當一個好阿姨。

爸爸，阿嬤，我們改天再聊喔。

後記

這部小說的構成其實非常突然，因為一則網路新聞而動念，當時除了難過，覺得如果自己能做些什麼就只有動筆寫了。

我想起過往挫敗的記憶中，有過許多漫長且痛苦的掙扎，走了很長的時間才走出來。其中有幾次我受過別人的關心與幫助，那難過的過程忽然變得沒那麼難熬。現實有時真的很殘酷，即使身為大人的我們也躲不過，然而，有些小孩卻已經提早面對過了，我很怕這些孩子會認為自己做錯了什麼。

我不想美化現實，但想為那些陷入掙扎的孩子提供一張軟墊，讓他們不得不跌倒時可以減少痛苦，而那張軟墊就是「想要相信希望的力量」。

因為長輩的關係，小時候我曾非常相信舉頭之上有神明、善惡有輪迴，然而，在我經歷數十年社會洗禮後，卻變成了無神論者，我常在想這樣是好還是不好，神，有沒有可能是種期望的象徵。

在故事中，以第一人稱敘事的裘裘是不相信神存在的，然而我卻讓另外一個角色對著裘裘說出：我相信神是存在的，但神可能是一陣風、一場雨或是一隻鳥。

所以這部小說我有點想重塑神的形象，以不那麼迷信的角度告訴孩子，只要撐下去，這世上是有神祕力量會幫助你的。神或許是透過路人一句不經意的關懷，或許是成為一隻貓跳躍過眼前，或許是為你在雨後忽然天晴。

就像裘裘知道自己在尋找不存在的事物仍不斷努力，也是因為她想要相信希望。

是的，我想告訴孩子，請相信希望的力量。

最後我非常感激這一切，讓我有機會說出這個故事。

安宇

於二〇二二年五月

走出迷惘，安心返航（導讀）

謝鴻文

一、迷之因

面向青少年兒童的小說，最核心的精神總是企圖引領青少年兒童身心健全成長，不管故事用什麼主題議題來呈現，包裹的內在多半不離於此。

然而，這不代表少年小說就必然背負著教化功能，說「教化」有點嚴肅，更可能因此遮蔽折損了藝術的光芒。因此我更傾向用「感動」來詮說，為了尋找與文本共振的感動，我們在閱讀中可以主動積極投入更深沉的情感，接著得到思考與共鳴。這樣的讀者接受過程，似乎多了一些可以自主細品的千百種滋味，而不是直接被作者單向灌輸教導單一價值而已。

閱讀《迷鳥》就是一本可以從多面角度尋找感動的小說，在作者錦心巧織的故事裡，我們可以抽繹的第一條解析線，借用現在網路常用的「迷因」一詞，我化用諧音來談《迷鳥》故事裡的「迷之因」。

首先，我們還是要知道迷因一詞直譯自英文的meme，其實是一九七六年英國的生物學家理查・道金斯（Richard Dawkins）在《自私的基因》一書中，根據gene（基因）這個詞新造的字，他將各種人類社會廣泛傳播的思想、行為或事物風格，與生物學中的演化規則互相類比，指出文化的傳衍過程，亦如同基因會演變傳承。後來迷因一詞演變為表示網路快速傳播的事物，比方《英文庫》網站裡的解釋：「迷因就是網路上那些搞笑圖片、影片、文字，它的內容常含有幽默或嘲諷的意味。」

本文要談的迷之因，先就作品《迷鳥》名稱來說，故事裡指的是因為氣候或意外導致脫離遷徙路線，迷途忘返的候鳥——灰面鵟鷹。一位長期在觀察想辦法援救這隻灰面鵟鷹的神祕老人出現，老人與主人翁裘曉莉已逝的父親是舊識，但起初裘曉莉並不知情，「你和你爸也是長得一模一樣。」一直到老人說出基因傳承明顯的一句話，就悄然牽連起兩人的命運關係，進而一步步合作用行動智慧去幫助灰面鵟鷹回返。不過，故事裡對於灰面鵟鷹的迷途之因，以及牠滯留的生活狀態，關於鳥類觀察生態習性部分描述不夠翔實，是可再補強增加說服力之處。

二、迷戀《天國飛鳥》

另一方面，裘曉莉由於父親的意外過世，可是死因成謎，家人又隱瞞過程，因此一直想追查真相。雖然和母親、姊姊相依為命，成長的過程看似簡單安定也有幸福滿足感，可是作者戲劇化地讓裘曉莉因幼年的創傷，造成大腦創傷認知障礙，有些記憶佚失、錯亂。以此去催化製造情節的衝突，讓裘曉莉青春生命的天空，始終像有一團迷霧烏雲籠罩，讓她的身心有種孤獨飄零的不踏實感，儼然也是一隻迷鳥，對自己與未來都充滿迷惘。

裘曉莉的生活經常陷溺在一種惘惘然的恍惚狀態裡，丟了心，也失了魂。一部名為《天國飛鳥》的漫畫，適時地介入她的生命，充塞她的靈魂，給予她精神。「一邊翻看手上的漫畫，儘管我早已經將所有的畫面與對話都清楚地記在腦裡。故事是說一隻叫做吉爾斯的鳥找尋天國入口的故事。我喜歡它細膩的畫風，作者將吉爾斯的羽毛一絲一絲畫出來，也喜歡吉爾斯面對失落時的反應，有時我真的很希望能在現實中遇見吉爾斯。」裘曉莉將心思情感全然寄託在虛幻的漫畫中，與其苛責她是逃避現實，不如說她需要藉此得到一絲安慰與希望。

畢竟要從創傷與失落的泥濘中爬出，那緩慢療癒，甚至可能一輩子都無法癒合完成的艱難，在無法同理以前，任何人都不應輕易去指責。再仔細審視「天國之口」的意象，以及裘曉莉自比為吉爾斯的敘述中，裘曉莉渴望衝破迷陣，期待找尋父親死因（到天國去），讓真相水落石出，自己一身的負軛也就解脫，自由飛翔的心理已昭然若揭。

裘曉莉之姓「裘」，諧音於「囚」，她想要走出心囚牢籠，還生命自在的飛行姿態，便成了文本不斷迴旋縈繞的主題曲。而附和這首主題曲的其他角色，例如裘曉莉在漫畫租書店相遇的少女艾莉絲，隨著事件迷霧逐一撥開，她的身分、她與裘曉莉父親之死等情節的關聯一一揭曉。待時間流逝，已升上高中的裘曉莉，竟在「飛鳥觀察社」與社長艾莉絲重逢。命運百轉千迴，偶遇又分離，分離後又偶遇，個中的酸甜滋味，被作者既巧妙又複雜的細描滲出。

每一個迷戀《天國飛鳥》的人，至小說結尾，已然走出迷惘困境，安心返航，生命不再是青春慘綠與灰白陰鬱的景象，還復了更大片的澄澈蔚藍。

三、時間之停與進

裘曉莉的父親經營鐘錶店，鐘錶在此小說裡，不僅僅是一個物件道具，更是「時間」的象徵。

父親已不在的鐘錶店，黑暗無光，記憶與時間彷彿停頓在父親未過世前。和這場景對照的是裘曉莉隨身佩帶的機械錶，小說一開頭就描寫到：「我將機械錶貼近耳邊聽它特殊恰達、恰達的聲音，每次都能讓我稍稍平靜下來。爸爸曾說過那是時間走路的聲音，那時我不停追問時間是什麼，後來他才說在某個古老的傳說裡，我們的世界最初是一顆蛋，有一天蛋裂開了，時間從裡頭跑出來。」機械錶運作轉動被形容成「時間走路的聲音」，真的是很美的一個比喻！

抽象的時間概念，無所不在地充斥在故事中，候鳥的過渡返航與時間季節有關；性命的生與死是自然的往復循環；父親離世的哀傷家人需要時間平復；裘曉莉尋回失落的記憶與真相，原來父親不是自殺，是在池塘救人時氣喘發作，真相既白，她身心停止的時間重新調校轉動向前……。

凡此一切的關照，讓時間的隱喻意象，如天露曙光被看見時，最後我們也得以看見作者流露的悲憫情懷，看裘曉莉跟迷途的灰面鵟鷹說再見，也跟自己的心囚說再見，然後時間情節快轉至她姊姊結婚生了小孩，她被小孩問：「時間是什麼？」她舉起機械錶靠近小孩耳朵給她們聽時間的聲音。飽滿的情韻，悠長地轉動著，迷鳥落地安定的時間已開始啟動了。

・本文作者謝鴻文先生為林鍾隆兒童文學推廣工作室執行長、兒童文學作家，著有《奇文妙語童話小鎮：錯別字商店街》、《脫線黑線三條線》等，主編《九歌一〇七年童話選》。

評審的話

周姚萍（作家）：

刻意被封起的鐘錶店、一只修好卻未取走的錶、謎樣的老人與女孩，牽引出主角父親離世的祕密。作者布下一個個謎團，營造引人的戲劇性；全篇以「鳥兒」貫穿其間，加上關於「時間」的描述與象徵，令故事詩意洋溢。

然而，老人的親子糾葛與那只石英錶的關係，鋪陳得略嫌草率，勾起讀者好奇偏又留下懸念，另艾莉絲的妹妹此一角色像隨作者召喚、只為配合劇情而出現，這些地方若能處理得更細緻，作品的完整度將會更高。

鄭淑華（國語日報總編輯）：

「迷鳥」是指無法按時返飛的候鳥，是時間與空間的雙重迷失，也象徵青春成長的挫折，唯有找到癥結，走出迷惘，才能展翅高飛。

幼年到濕地賞鳥是裘裘父女間美好的記憶。然而，父親在一次賞鳥時驟逝；父親曾是鐘錶職人，鐘錶店如今少了主人，滴答的時間之聲也因而塵封靜止。父親的死，對裘裘來說，是破碎不清的記憶，家人則避諱提起，更添其中陰影及疑雲，讓裘裘對家人、對自己，不禁產生了懷疑……

作品意象豐富，文學趣味高。在處理少女裘裘的親情故事主線之外，也巧妙織入另兩對父女的衝突故事作為支線，呈現議題多面性，且布局帶點懸疑，讀來引人入勝。

九　歌　少　兒　書　房　2　9　0

迷鳥

國家圖書館出版品預行編目 (CIP) 資料

迷鳥 / 安宇著 ; 王淑慧圖 . -- 初版 . -- 臺北市 :
九歌出版社有限公司 , 2022.09
面 ; 公分 . -- (九歌少兒書房 ; 290)
ISBN 978-986-450-475-6(平裝)
863.596　　111011700

作　　者——安　宇
繪　　者——王淑慧
責任編輯——鍾欣純
創 辦 人——蔡文甫
發 行 人——蔡澤玉
出　　版——九歌出版社有限公司
臺北市 105 八德路 3 段 12 巷 57 弄 40 號
電話／02-25776564・傳真／02-25789205
郵政劃撥／0112295-1

九歌文學網　www.chiuko.com.tw

印　　刷——晨捷印製股份有限公司
法律顧問——龍躍天律師 ・ 蕭雄淋律師 ・ 董安丹律師
初　　版——2022 年 9 月
定　　價——300 元
書　　號——0170285
I S B N——978-986-450-475-6
9789864504732（PDF）